KB237116

나이트킹

Knight King

FUSION FANTASTIC STORY

이모탈 판타지 장편 소설

나이트 킹 1
이모탈 판타지 장편 소설

초판 1쇄 찍은 날 § 2013년 2월 18일
초판 1쇄 펴낸 날 § 2013년 2월 25일

지은이 § 이모탈
펴낸이 § 서경석

편집부장 § 권태완
편집책임 § 박우진
디자인 § 이혜정

펴낸곳 § 도서출판 청어람
등록번호 § 제1081-1-89호
등록일자 § 1999. 5. 31
어람번호 § 제1-1547호

주소 § 경기도 부천시 원미구 심곡2동 163-2 서경B/D 3F (우) 420-822
전화 § 032-656-4452 팩스 § 032-656-4453
http://www.chungeoram.com
E-mail § chungeorambook@daum.net

ⓒ 이모탈, 2013

ISBN 978-89-251-3183-2 04810
ISBN 978-89-251-3182-5 (세트)

이모탈 판타지 장편 소설
FUSION FANTASTIC STORY

나이트 킹

Knight King

도서출판
청어람

CONTENTS

그것은 책이었다.

어디서나 볼 수 있는 흔한 책.

다만 유수같이 흐른 세월의 흔적을 이기지 못하고 빛이 바랜 낡은 책이었다.

그러나 그것을 보는 순간 갑자기 가슴을 떨렸다. 난생처음 느껴보는 생소한 감각이었다.

두근두근!

심장이 미친 듯이 뛰었다. 이 흥분감은 대체 무엇일까.

확인하려는 듯 손을 뻗었다.

그것은 무의식적인 행동이었다. 정체 모를 어둠 속으로 손을 집어넣듯 그렇게 천천히 책으로 손을 뻗었다.

잡았을 때는 아무 일도 일어나지 않았다.

그러나 책을 살펴보고 내려놓으려 할 때, 부주의하여 종이에 손가락 끝이 베이고 말았다.

똑—

핏방울이 책표지에 떨어졌다.

그 짧은 순간 피가 책으로 스며들었다. 흔적도 없이 핏방울이 사라진 다음,

화악—!

책에서 빛이 뿜어져 나왔다.

그 빛이 시야를 가리고, 이윽고 모든 것을 집어삼켰다.

그날, 키 2미터에 300킬로그램이 넘어가는 몸무게를 가졌던 아이젠 남작의 둘째 아들 베르누크의 운명이 격변했다.

CHAPTER
01
변화

Knight King

아버지가 돌아가셨다.

아이젠 남작령을 다스리는 영주 바실로프 아이젠 남작이
죽었다.

그것은 아이젠 남작령에 있어서 일대 사건이었다. 영지민
만이 아니라 베르누크에게도 절대 잊지 못할 충격으로 다가
왔다.

제대로 거동조차 못하던 아버지가 돌아가시기 바로 전날,
베르누크의 방으로 찾아왔었다.

"베르누크, 일어날 수 없더냐?"

“으음… 누, 누구……?”

베르누크는 눈을 커다랗게 뜨고는, 자신을 흔드는 이를 바라보았다.

“아버지?”

아버지가 틀림없다. 고문의 후유증과 치매가 겹쳐 거동조차 하지 못하는 아버지. 그런 아버지가 눈앞에 있는 것이다.

“내가 너에게 부탁을 해야 하겠구나.”

‘정상이시다?

아버지의 목소리에는 힘이 없었지만 눈빛에는 정기가 서려 있었다.

“가문을… 가문을 부탁하마. 그리고… 네 어미를… 부탁한다.”

“저 같은 패배자가 뭘…….”

그때 아버지의 눈에 습기가 차올랐다.

“……!”

자리에 누우신 후 볼 수 없었던 아버지의 모습에 놀란 베르누크가 멍하니 있을 때, 그의 이마에 무언가가 닿았다.

까칠까칠하고 힘없는 손이다.

아버지의 손.

“아들아, 부탁하마.”

그리고는 돌아서서 베르누크의 방을 나섰다. 축 처진 어깨, 질질 끌리는 발, 어느새 굽고 좁아져 버린 아버지의 등이 보였다.

아버지가 하신, 가문과 어머니를 부탁한다는 말이 어떤 의미인지 몰랐지만 그 말을 듣는 순간 베르누크는 죽을 때까지 잊지 못할 것 같았다.

베르누크는 거의 300킬로그램이 넘어가는 거대한 몸체를 가진 귀족가의 이공자이다. 그는 침상에서 혼자서는 절대 일어나지도 못한다. 그러한 자신에게 왜 아버지가 이런 말을 하는지 알 수 없었다.

그 뜻을 다음 날 아버지의 사망 소식을 듣고서야 겨우 이해했다. 아버지는 이미 자신의 죽음을 예상하고 못난 아들을 마지막으로 일으켜 세우기 위해 찾아온 것이다.

"아버지……."

저택 밖에서는 아이젠 남작의 장례식이 벌어지고 있었다. 그러나 베르누크는 침상에 누운 채 여전히 일어나지도 못하고 버둥거렸다. 그때마다 침대가 끼익끼익 소리를 내며 요동을 쳤다.

"허억! 허억! 아. 버. 지……!"

아무리 불러도 이젠 대답이 돌아오지 않는다. 그것을 침상에 누운 채로 베르누크는 뼛속 깊이 깨달았다.

이렇게 있을 수만은 없다. 아버지가 자신을 찾아온 그 수고를, 그 애정을 이대로 버릴 수는 없다.

베르누크는 자신을 패배자라고 생각했다. 인생이란 선에서 밀려난 패배자. 그러나 아버지는 그런 패배자마저도 끝까지 사랑하셨다.

"아들아, 부탁하마."

그날 밤, 돌아서서 베르누크의 방을 나서던 아버지의 축 처진 어깨, 굽은 등, 질질 끌리는 발이 잊히지 않는다.

'바뀌겠습니다! 절대 포기하지 않겠습니다!'

아버지의 죽음.

그것이 베르누크를 침상에서 스스로 일어서게 만들었다.

＊　　　＊　　　＊

그날부터 베르누크는 달라졌다. 그의 몸은 스스로의 의지로 일어날 수조차 없을 정도였다. 하지만 베르누크는 이를 악물었다.

"하일드! 하일드!"

자신의 몸을 저주하며 소리 높여 전속 시종을 부른 베르누크. 그에 무슨 일이 있나 싶어 급히 문을 열고 시종이 들어왔다.

"여, 여기 있습니다. 고, 공자님, 지금 무슨……?"

하일드는 문을 열고 들어오다 땀을 비처럼 흘리고 있는 베르누크를 보며 놀랐다.

"나, 나 좀 일으켜 줘."

"아, 알겠습니다."

시종 하일드의 도움을 받아 겨우 일어섰다. 하지만 채 10미터도 못 가서 거칠게 숨을 몰아쉬며 전용 의자에 앉아버린 베르누크였다.

"저, 공자님, 이만 침대로 가시는 것이……."

하일드가 안쓰럽다는 듯이 베르누크를 보며 걱정스럽게 말했다. 하지만 베르누크는 고개를 저었다.

일어나기로 결심했다.

아버지의 부탁을 받았다.

포기할 순 없다.

"하일드, 나 좀 도와줘."

"아, 알겠습니다."

어쩔 수 없다는 듯이 고개를 절레절레 젓고는 이내 체념하듯이 베르누크를 부축하는 전속 시종 하일드였다.

그렇게 시작했다. 아주 미약하게 말이다.

베르누크가 그 비대한 몸을 이끌고 쉬었다 걷기를 반복하기 시작하자 모든 사람이 그를 비웃었다.

"오늘이 삼 일째인가?"

"내기라도 할까? 일주일? 열흘?"

"열흘은 무슨, 일주일이다, 일주일!"

베르누크는 듣고 있었다. 그 모든 것을 말이다.

하지만 베르누크는 자신의 발을 한 걸음 더 옮기는 데 온 정신을 집중했다.

'이번만큼은, 이번만큼은 다를 것이다. 반드시 해내고야 만다.'

그렇게 베르누크는 변하기 위한 첫걸음을 내디뎠다.

"크크크, 이번에도 내가 이겼군."

"끄음. 저 돼지가 대체 무슨 바람이 불어서는."

"내놔!"

"아, 알았네!"

내기에서 진 것이 억울한 듯 크리스는 레너드에게 5골드를 건넸다. 돈을 받으면서도 레너드의 시선은 여전히 아이젠 가문의 이공자 베르누크를 향하고 있었다.

'힘내라고, 친구. 다른 이들은 몰라도 나는 너를 응원한다.'

레너드의 눈이 아련해졌다. 15년 전, 배가 고파 죽어가던 자신에게 먹을 것을 건네주던, 조금은 뚱뚱한 베르누크의 모습이 그려졌다.

베르누크는 시종이나 노예가 아닌 친구를 원했다. 그때 이후로 자신은 베르누크의 유일한 친구가 되었다. 세상에 다시 없을 그러한 친구가 말이다.

그러하기에 그의 눈에는 무언가 기대에 차 있었고, 안타까움도 담겨 있었다. 마치 그 누구도 돌아보지 않았던 베르누크의 화려한 부활을 응원하듯이 말이다.

*　　　　*　　　　*

시작은 자신의 방이었지만 점차 방을 벗어나고 음식 조절을 조금씩 하면서 스스로 걷기 시작한 것이 한 달 전.

자신의 방에서 복도로, 복도에서 다시 거실로, 거실에서 손바닥만 한 정원으로, 그 손바닥만 한 정원에서 다시 가문에서 가장 넓은 연무장으로 진출한 것이다.

그것도 벌써 열흘째.

베르누크는 지금 주변의 시선 따위에 신경 쓸 기력조차 없었다. 어제보다 조금 더 가자는 생각뿐이다.

지금 이 연무장에는 기사만 있는 것이 아니다. 기사는 물론이고 하인에 저 멀리 넓은 창에는 어머니까지 자신을 지켜보고 있다.

'조금만, 조금만 더 가자.'

베르누크는 땀범벅에 가쁜 호흡을 내쉬면서도 무덤덤한 얼굴로 스스로에게 용기를 북돋았다.

오늘의 목표는 연무장 한 바퀴. 가문의 연무장은 기사들이 마상 연습을 할 수 있을 정도로 넓다.

하지만 벌써 두 시간 동안 걷고 있다. 대략 30분 전부터 볼 살이 푸들푸들 떨리고 다리에 경련까지 일어나려 한다.

투욱!

"후욱! 후욱!"

다시 한 발을 내디뎠다. 진짜 한 걸음이 천근만근이다. 그래도 걸었다. 한 걸음 한 걸음 옮겨 드디어 목표 지점에 다다랐다.

베르누크의 볼 살이 경기 들린 듯 푸들푸들 떨렸다. 살집이 두툼한 광대뼈 주변과 입가 주변이 움찔거렸다.

기뻐하는 것이다. 가뻤다. 목표를 달성했다는 지금의 기쁨은 세상을 다 준다 해도 바꾸지 않을 만큼 기뻤다. 그러나 웃을 수 없었다.

'아직 나의 갈 길은 멀다. 조금 더 있다 웃자.'

베르누크는 마음을 다잡았다.

베르누크는 기사들과 하인, 병사들의 무시와 멸시를 무시하고 꾸준히 운동을 해 나갔다. 그의 무서운 집념은 차츰차츰 사람들의 시선을 바꿨다.

일주일, 열흘, 한 달, 반년…….

베르누크는 약 반년, 즉 8개월 동안 100킬로그램을 감량하여 197킬로그램에 도달했다. 턱 선이 생겨났다. 83인치(약 210센티미터)였던 허리가 57인치(145센티미터)로 줄었다.

그리고 일 년이 흘렀을 때는 아무도 그를 비웃지 않았다.

그사이 베르누크의 몸은 몰라보게 달라졌다. 악착같이 운동을 이어 나간 결과, 그의 몸무게는 일 년 전의 297킬로그램에서 절반으로 줄어 153킬로그램이 되었다.

반년 전 비록 197킬로그램이었으나 여전히 출렁이고 겹쳐 보이던 살가죽이 충분한 근력 운동 덕분에 조금씩 원래의 형태로 돌아오고 있었다.

153킬로그램인 지금은 겉으로 보면 다소 뚱뚱해 보일 뿐이다. 물론 그러한 이유는 197센티미터라는 큰 키 덕분이기도 했다.

'여기서 끝이 아니다!'

베르누크의 목표는 아직 이루어지지 않았다. 운동을 하면서 살이 빠지고 그만큼 체력이 좋아지긴 했지만 여전히 부족했다. 아버지의 유언을 이루기에는 너무나 부족한 점이 많았다.

그래서 그는 아버지를 대신해 영지를 운영하고 있는 어머니를 찾아갔다.

지난 일 년 동안 자신의 둘째 아들 베르누크가 얼마나 노력했는지 알고 있는 어머니의 시선도 일 년 전과는 확실히 바뀌어 있었다.

베르누크의 어머니, 아이젠 남작부인은 그윽한 눈으로 점점 변해가고 앞으로도 변해갈 작은아들을 바라보며 물었다.

"우리 아들! 그래, 무슨 일이지?"

영지 운영으로 바빴지만 사랑하는 둘째 아들이 버젓이 두 발로 서서 스스로 자신을 방문하는 것은 어머니인 아이젠 남작부인에게는 언제나 기쁜 일이었다.

어머니의 물음에 잠시 망설이던 베르누크는 무언가를 결심한 듯 굳은 눈동자를 하고 어머니에게 자신이 뜻하는 바를 전했다.

"어머니, 지하 연무장에서 폐관수련을 하고 싶습니다."

"응? 뭐라고?"

아이젠 남작부인은 놀라서 되물었다. 베르누크는 다시 한 번 또박또박 수련에 집중하고 싶다는 뜻을 밝혔다.

"이 어미를 설득해 보거라."

"저는 다행히도 둘째 아들입니다. 어머니께서 영지를 운영하고 있다면 형은 작으나마 영지의 상단을 운영하고 있습니다."

“하지만 결국 네 형이 영지를 물려받고 네가 상단을 운영해야 할 것이다. 네 형에게 도움이 되도록 말이다.”

“그것 때문에 제가 폐관수련을 하고자 하는 것입니다.”

“그것 때문이라?”

“그렇습니다.”

“흐음, 설명해 보거라.”

아이젠 남작부인은 베르누크가 왜 폐관수련을 하고자 하는지 충분히 알 수 있었다. 하지만 듣고 싶었다. 둘째 아들의 생각이 얼마나 깊어졌는지.

“형이 영지를 이어받기 위해서는 상단도 중요하지만 또 하나, 바로 영지를 운영하고 상단을 운용할 수 있는 무력이 반드시 필요합니다. 힘없는 자의 정의는 나약한 몸부림일 뿐이고, 또한 정의는 타협과 구걸로 얻어지는 것이 아니라고 알고 있습니다.”

“정의라……. 너는 정의를 무엇이라 생각하느냐?”

“지금 당장에 있어서 정의는 바로 영지가 바로 서는 것입니다. 물론 어머니께서 영지를 잘못 운영하고 있다는 것은 아닙니다. 다만 아직까지 영지를 운영함에 있어서 고루한 저 귀족들의 무도함이 고개를 쳐들까 저어해서입니다. 저들은 힘을 숭상하는 자들. 힘이 없음에 무도한 저들이 영지를 침범할까 걱정입니다. 이에 저는 형이 영지를 받는 그날까지, 혹은 형이 영주가 되어 상단을 제가 운영한다 하여도 형을 도와 영지를 지키고 발전할 수 있는 힘을 기르고자 합니다. 오늘부터 딱 10년, 10년 후 오늘 어머니 앞에 당당한 아들로 다시 서겠습니다. 결과가 좋든 나쁘든 이 약속을 반드시 지키겠습니다.”

작은아들의 말에 흐뭇한 감정을 감추지 않은 아이젠 남작 부인이었다. 해준 것이 없건만 자신의 둘째 아들은 이리도 훌륭하게 커주었다.

“허한다.”

“고맙습니다, 어머니.”

베르누크가 이렇게 폐관수련을 하고자 하는 이유는 따로 있었다. 바로 자신이 얻은 기연을 소화하기 위함이었다.

그 기연이라는 것은 참으로 우연찮게 찾아왔다.

그것은 그 누구도 모르는 베르누크 혼자만의 비밀이었다.

여전히 살을 빼기 위하여 운동을 하고 짬짬이 시간을 내 다방면으로 독서를 하던 나날 중 우연인지 필연인지 하인이 가져다 놓은 책이 눈에 띄었다.

상당히 두꺼워 보였는데, 겉표지에는 회고록이라 쓰여 있었고 저자는 아놀드 험프리라고 되어 있었다. 베르누크는 무심코 그 책을 집어 들었다.

마치 무언가에 이끌리듯 잡은 책을 한참 동안 읽었다. 그러다 페이지를 넘기면서 손에서 책을 놓치게 되었다. 다시 그 책을 주워 드는 순간 손이 따끔했다.

무척이나 오래된 책임에도 불구하고 떨어지는 속도가 있어서인지 그 책의 한 면에 베르누크는 손을 베이게 되었다.

그리고 그 짧은 순간 피가 책에 스며들었다. 책을 들어보니 피가 묻은 부분이 보였다. 한데 책에 묻은 피가 마치 살아 움직이는 것처럼 보였다.

화악~!

'뭐지?

그렇게 생각하는 순간 베르누크는 정신을 잃었다. 책 속에서 터져 나오는 붉은색의 광채가 베르누크를 그대로 집어삼켰다.

베르누크는 꿈을 꾸었다. 어떤 한 사내와의 여행이었다. 그 여행 속에는 이 세계가 아닌 곳도 있었고, 마법도 있었고, 정령도 있었으며, 드래곤도 있었다.

전혀 다른 세계는 유쾌하고 신기한 것이 가득했고, 마법은 환상적이었으며, 정령은 아름다웠고, 드래곤은 강했다. 많은 지식이 서가에 켜켜이 쌓인 장서처럼 베르누크의 지식이 되어 차곡차곡 저장되었다.

그 사내와 웃고 울고 분노하고 슬퍼하고 즐기며 몇십 년,

몇백 년을 살았다. 하지만 만남이 있으면 헤어짐도 있는 법. 그 사내가 백발이 성성하여 편안한 모습으로 눈을 감았을 때 베르누크는 다시 눈을 떴다.

얼마나 시간이 흘렀는지 알 수 없었다. 한평생인지 단 몇 분인지, 아니면 몇 시간인지. 드러누운 채 베르누크는 자신의 온몸을 만지면서 사지가 멀쩡한지를 확인했다. 그러면서 차츰 정신이 되돌아왔다.

그것은 기억이었다. 책에 담겨 있던 누군가의 기억. 그 기억이 소중한 지식이 되어 베르누크의 뇌에 각인된 것이다.

'검, 마법, 정령… 이것은 이 세계의 지식이 아니다!'

한 사람의 일생이 베르누크의 머릿속으로 들어오다니. 이것은 기연이라고 말하기에는 부족한 기연 중의 기연이었다.

머릿속의 기억은 베르누크에게 인생에 다시없을 엄청난 능력을 선사해 주리라.

베르누크는 다시 이를 악물었다. 어머니의 허락이 떨어졌다. 새로운 수련의 나날이 시작되었다.

*　　*　　*

베르누크가 지하 연무장으로 들어온 후 많은 시간이 흘렀다.

이곳은 원래 베르누크의 아버지인 바실로프 아이젠 남작이 사용하던 전용 연무장이었다. 수련에 필요한 각종 환경이 마련되어 있는데, 지금은 또 그때와는 달라져 있었다.

이곳에는 기이하게 생긴 각종 체력 단련 기구가 즐비했다. 즉, 지금의 세계에서는 찾아볼 수 없는 생소한 모양의 기구였다.

"쓰읍! 후우~"

끼익, 철컹!

"쓰읍! 후우~"

끼익, 철컹!

적막한 지하 연무장에는 오로지 숨을 쉬는 소리와 무거운 트레이닝 기구의 비명 소리만 들려왔다. 그와 함께 몰라보게 홀쭉해진 아이젠 남작 가문의 이공자 베르누크의 땀도 있었다.

"으아악!"

마치 죽을 것 같은 괴성과 함께 마지막 안간힘을 쓰고 힘을 풀어버리는 베르누크였다.

쿠와앙! 철컹!

그와 함께 괴성을 지르며 원래의 위치로 돌아가는 생소한 모양의 체력 단련 기구.

"후욱! 후욱!"

땀으로 범벅된 베르누크.

체력 단련 기구에 앉아 쉬지 않고 곧바로 일어나 호흡을 골랐다. 동시에 아주 천천히 체조와 비슷한 동작을 하며 몸을 풀었다.

그리고 가볍게 뛰기 시작했다. 400미터 트랙쯤으로 보이는 지하 연무장을 규칙적인 호흡과 함께 뛰었다.

"후, 흡, 후우우!"

지금 현재 베르누크의 몸 상태는 키 197센티미터에 몸무게 127킬로그램. 몰라보게 홀쭉해진 것이 아니라 전혀 다른 사람이 되었다.

과거에는 보이지 않던 근육질의 몸은 마치 단단한 바위를 연상시킨다. 그러한 그의 등 뒤로는 아지랑이처럼 김이 모락모락 솟아오르고 있다.

'조금만, 조금만 더!'

베르누크는 언제나 자신을 그렇게 채찍질했다. 조금만 더, 조금만 더. 이를 악물고 일로매진한 덕에 지금의 베르누크가 있을 수 있었다.

검술을 익히기 위한 준비와 몸만들기는 이미 완벽하게 끝이 났다. 또한 베르누크는 검술과 함께 마법과 정령술을 익히고자 했다. 베르누크의 목표 정령마검사였기 때문이다.

그중 가장 우선순위는 바로 검술이다.

트리플 그랜드 마스터로 알려진 아놀드 험프리 경. 그는 실제 그랜드 마스터가 아닌 정령 마검사였다. 검술만이 아닌 모든 것을 아울렀다고 할 수 있었다.

때문에 베르누크로서는 나름 욕심을 내고 싶었다.

애초에 가문이 기사 가문이었기에 가장 먼저 눈에 띄는 것은 역시 검과 검술이었다. 하지만 좀처럼 보기 힘든 베르누크의 체격 때문일까, 그의 시선을 끄는 것은 검이 아닌 할버드였다.

묵직한 느낌, 둔탁하면서도 예리하게 빛나는 그 멋스러움이 베르누크의 눈길을 끌었다.

일반적인 검술이라 하면 다른 무기를 사용하기 힘들다.

하지만 트리플 그랜드 마스터였던 아놀드 험프리 경의 검술은 딱히 검에만 소용되는 것이 아니었다. 도로도 사용할 수 있고 창으로도 사용할 수 있었다.

해서 검술과 함께 할버드를 익히려고 한다. 애초에 기사 가문이고 검에서 할버드로 바꿨다고 문제되는 것도 아니니 말이다. 물론 가능하다면 마법과 정령술도 배울 것이다.

하지만 그것은 자신만이 아는 비밀이 될 것이다.

그 이유는 바로 지금 당장 자신이 가진 힘이 없기 때문이다.

그에게는 아무것도 없다. 돈도 사람도.

자신이 힘을 가지기 전에 그러한 것이 드러난다면 먹힐 수밖에 없을 것이다.

베르누크는 순진하지 않다. 순진하지 않기에 고문의 후유증으로 고통스럽게 죽어간 아버지의 죽음 이면에 무엇이 있는지 알고 있다. 그것 역시 가문이 가진 힘이 없었기 때문이라 할 것이다.

＊　　　＊　　　＊

시간이라는 놈은 절대 사람을 기다려 주지 않는다. 베르누크가 아버지가 사용했던 공간에 들어서 불철주야 검을, 아니, 할버드를 가다듬은 지 10년의 시간이 지났다.

밝게 빛나는 곳의 중심에는 장대한 체구와 잘 다져진 몸매의 사내가 서 있다.

바로 베르누크다. 예전의 투실투실한 모습은 어디에도 없었다. 바위를 연상케 하는 단단한 몸을 가진 베르누크가 있을 뿐이다.

살을 빼고 마나 호흡법을 통해 마나 로드를 개척하여 언더, 미들, 하이퍼 마나 오션까지 완벽하게 만들어 자신의 것으로 소화한 베르누크였다.

그리고 바로 오늘이 지하 연무장에 들어온 지, 어머니랑 약

속한 지 정확하게 십 년이 되는 날이다.

베르누크의 키는 2미터 3센티미터에, 체중은 120킬로그램이었다.

홀쭉했다. 바람이 불면 훅하고 날아갈 것 같이 홀쭉했다. 운동하는 사이 키도 컸다. 197센티미터였던 키가 2미터 3센티미터가 되었다.

키는 무려 6센티미터가 크고 몸무게는 최초 327킬로그램에서 120킬로그램으로 무려 207킬로그램을 감량했다. 키는 커지고 몸무게는 줄어들고. 하니 전체적으로 홀쭉해 보일 수밖에 없다.

이게 다 지난 10년 동안 살을 빼고, 운동을 하고, 또 아놀드 험프리 경의 회고록에 빠져 수련만을 하고 산 결과이다. 자신이 봐도 뿌듯했다.

그런데 지금 베르누크가 들고 있는 것이 신기하다.

들고 있는 것은 중병기이자 장병기인 할버드였다. 뾰족한 창과 날카로운 도끼를 결합한 중장병기.

그러나 생김새는 보통 할버드와 같지 않았다.

거의 3미터에 가까웠고, 할버드의 폴대는 어린아이 팔뚝만 했다. 도대체가 할버드인지 아니면 몽둥이인지 분간이 안 갈 정도이다. 하지만 우악스러운 베르누크의 손아귀에서는 그저 딱 맞는 그립감을 자랑하는 할버드였다.

"마지막 점검을 해보실까."

아무렇지 않게 거대한 할버드를 휘두르는 베르누크.

그 폼이 심상치가 않다.

고작 10년의 고련으로는 도저히 나올 수 없는 기현상이 벌어지고 있었다. 어둑한 지하 연무장을 환히 밝히는 것은 분명 소드 마스터의 전유물인 오러 블레이드였다.

있을 수 없는 일이다.

지금 베르누크는 달라져도 너무도 달라져 있었다. 달라진 것은 오러 블레이드만이 아니다. 거의 세 시간 이상을 일정한 길이의 오러 블레이드를 유지하고 있는 것이다.

만약 10년의 고련으로 오러 블레이드를 만들어낼 수 있다면 작금의 세상에는 길가에 발로 차이는 것이 소드 마스터일 것이다. 하지만 소드 마스터는 극히 드물다.

지금 베르누크가 속한 히르센 제국에서조차 소드 마스터는 서부의 루이스 페르디난트 후작, 남부의 변경백 티아고 로드리게스 후작, 중앙의 군부를 장악하고 있는 하인츠 구데리안 후작뿐이다.

한 왕국에 한 명 이상의 소드 마스터를 보유하고 있는 곳도 거의 없었다. 그리고 두 명이나 혹은 세 명의 마스터를 보유한 곳은 제국밖에 없다.

그러한 시대에, 나이 서른하나에 마스터의 전유물인 오러 블레이드를 할버드에 두르고 있는 베르누크였다. 그 길이가 무려 3미터가 넘어 보인다.

그는 세 시간이 넘도록 할버드와 함께 춤을 추었다. 환상처럼 그려지는 할버드의 궤적. 그럼에도 베르누크의 얼굴은 평온했다. 땀 한 방울 흘리지 않았다.

후우우웅!

지하 연무장에 자욱한 먼지가 마치 폭풍을 맞은 듯 베르누크를 중심으로 벽으로 밀려났다. 그리고 마침내 할버드를 거두어들인 베르누크였다.

"후아!"

갑작스럽게 정적이 찾아들었다. 숨을 한 번 크게 내쉰 베르누크는 3미터나 되는 할버드를 옆에 세우고 꼿꼿한 자세로 잠시 눈을 감았다. 마치 선 채로 명상을 하는 것처럼 말이다.

이윽고 베르누크의 눈이 떠졌다. 서글서글한 눈동자가 보인다. 또렷하게 보이는 눈. 과거에는 단춧구멍만 했을지 몰라도 지금은 황소 눈처럼 순박하고 티 없이 맑아 보인다.

그리고 다시 할버드를 뽑아 들었다.

"헤이스트, 스트렝스, 아이언 실드!"

미세한 소리와 함께 밝은 빛을 내며 베르누크의 몸에 마법이 스며들었다. 그에 만족한 웃음을 지은 베르누크가 다시 외쳤다.

“불의 창!”

할버드에 불이 깃들었다. 뜨거운 불. 세상의 모든 것을 태워 버릴 듯한 기세의 불길이 일었다.

불꽃이 활활 타오르는 할버드를 빙글 돌리고, 지르고, 갈랐다.

“바람의 칼날!”

넘실거리던 불이 마치 바람을 타듯이 그 거리를 늘렸다.

1미터, 2미터, 3미터.

그리고 종내에는 수십 개의 불꽃이 칼날처럼 어두운 연무장을 밝히며 사방의 벽을 긁어댔다.

카강! 카라라랑!

“물의 폭발!”

“블링크!”

순간 베르누크의 몸이 죽 늘어났다. 아니, 미끄러졌다. 아니, 사라졌다. 그의 모습은 어느새 10미터를 이동해 나타났고, 그와 함께 둔중한 소리가 연무장을 울렸다.

쿠두둥!

연무장의 천장에서 흙먼지가 떨어져 내렸다. 힘을 조절한다고 조절했으나 제대로 되지 않았던지, 아니면 자신의 진실한 힘의 세기를 몰랐던지 연무장의 천장이 작게 금이 갔다.

“노움 소환!”

그러자 단단한 바닥 면에서 무언가 꾸물거리며 올라왔다. 그리고 완성된 그 모습은 영락없는 시골 할아버지의 상이다.

"천장을 부탁한다."

말이 끝나기가 무섭게 갈라졌던 천장이 원래의 상태로 복구되었다. 아니, 오히려 갈라지기 이전보다 더 단단한 상태가 되었을 수도 있다.

베르누크는 만족했다. 할버드와 마법과 정령술. 그 모든 것을 완벽하게는 아니지만 익혀냈다. 할버드는 이미 일가를 이룰 정도로 익혔고 말이다.

"어머니를 뵈어야겠군."

베르누크는 마침내 지하 연무장의 폐관을 깨고 밖으로 나왔다. 기쁜 마음으로 말이다. 그래서인지 그의 발걸음은 가볍기 그지없었다.

문을 열고 나오는 그를 맞이한 것은 바로 아이젠 남작 가문의 집사였다. 베르누크는 반가운 마음에 손을 들며 외쳤다.

"아! 집사! 오랜만이에요!"

그동안 베르누크는 최대한 바깥출입을 삼갔다. 수련에 빠져서이기도 했지만, 결심이 흔들릴까 봐 일부러 자신을 더 몰아세운 것이다.

덕분에 10년 동안 그의 얼굴을 본 것은 집사나 어머니 정도. 그것도 근 1, 2년 사이에는 어머니의 얼굴조차 제대로 보지 못했다.

"늦으셨습니다."

집사의 표정이 묘했다. 그래서 들었던 손을 내렸다.

무표정하기는 하지만 그래도 자신에게 살갑게 대했던 집사다. 그의 표정이 지극히 어두웠다.

"무슨… 일 있어요?"

이상한 느낌에 베르누크가 집사를 보며 물었다. 진정 이상했다. 말을 하지는 않았는데도 마치 가슴 한구석이 텅 빈 것처럼 먹먹해져 오는 이 느낌이란.

집사가 무거운 음색으로 말했다.

"형님이신 슈라이버 공자님과 어머니이신 나타샤 카트로반 아이젠 남작부인께서… 돌아가셨습니다."

CHAPTER
02
새 로 운 시 작

쿠웅!

머리를 커다란 바윗덩어리로 맞은 듯했다. 실감이 나지 않았다.

"어, 언제……."

"형님께서는 4년 전에, 어머님께서는 열흘 전에 돌아가셨습니다."

멍해진 베르누크. 크게 숨을 들이켰다. 가슴 한구석이 텅 빈 것처럼 먹먹해져 왔던 이유가 이것이었다.

그러한 베르누크의 귀에 예의 집사의 목소리가 들려왔다.

“공자님이 나오기를 기다리셨습니다. 또한 스스로 나오실 때까지 자신의 죽음을 알리지 말아달라 하셨습니다. 공자님의 수련에 방해될까 저어해서 말입니다.”

“그러… 셨습니까?”

어머니는 끝까지 이 못난 작은아들을 생각하고 계셨다. 죽음 앞에서도 어머니는 자신보다 자식을 생각하고 계셨던 것이다.

“남작부인께서 전해 드리라는 것입니다.”

집사가 건넨 것. 편지였다. 베르누크는 가늘게 떨리는 손으로 편지를 받아 조심스럽게 펼쳤다.

사랑하는 나의 작은아들에게.

아들.

작은아들.

나의 작은아들.

이 편지를 읽고 있다면 성공했겠구나. 장하다. 나의 작은아들. 그래야지. 그래야 나의 작은아들이지.

나의 작은아들.

울고 있는 것은 아니겠지? 슬퍼하는 건 아니겠지? 이 엄마가 작은 아들이 이룬 것을 보지 못한 것에 화난 것은 아니겠지?

화내지도 슬퍼하지도 울지도 말아라. 네가 화나고 슬퍼하면 이 엄마도 슬프단다. 이 엄마는 우리 작은아들을 믿는다. 네가 뚱뚱해서 남의 손가락질을 받을 때도 널 믿었다.

네가 할 일 없어 침대에 누워 있을 때도 이 엄마는 널 믿었다. 지금 네가 보는 편지를 쓰는 이 순간에도 널 믿는다. 힘들긴 하겠지만 네가 살고 싶은 삶을 살았으면 좋겠다.

물론 가문을 일으켜 세워주면 더욱 고맙지. 하지만 가문을 위해서 널 버리지 않았으면 한다. 이 엄마는 네가 바로 서고 나서야 비로소 가문이 설 수 있다 생각한다.

네게 너무 큰 짐을 지우는 것이 아닌지 모르겠다. 아니, 그냥 잊어 버려라. 사랑하는 나의 작은 아들.

잘살아야 해.

잘살면 이 엄마가 기쁠 거야.

—나의 작은아들의 엄마가.

툭!

투둑!

편지를 쥐고 있는 베르누크의 손이 떨렸다. 평생을 기다려주시던 어머니께서 이제 힘드셔서 작은아들에게 삐치셨나 보다.

텅 빈 어머니의 집무실, 싸늘하게 식은 낡은 찻잔, 닳고 닳

아버린 낡은 깃털 팬, 손발이 차서 겨울이면 두텁게 신고 끼셨던 실내화와 장갑, 모든 것이 그대로 있건만 주인은 없다.

"왜… 돌아가셨지?"

"지병이 있으셨습니다."

"그 정도셨어? 그런데 왜 알리지 않았어?"

"알리지 말라 하셨습니다. 방해될까 저어하셨습니다."

베르누크는 심장이 욱신거림을 느꼈다. 돌아가시는 그 순간까지 어머니께서는 이 못난 작은아들을 생각하셨던 거다. 욱신거리는 심장을 잡고 물었다.

"그래도 편하게 가셨겠지?"

"그… 러셨을 겁니다."

"잠시 아버지와 어머니, 그리고 형님을 좀 뵙고 올게."

"알겠습니다."

집사를 따라 정원을 나왔고, 집사는 다시 저택으로 들어갔다.

베르누크는 정원을 지나 집사가 가르쳐 준 곳으로 걸음을 옮겼다. 물론 알려주지 않아도 알고 있다. 가족들이 묻혀 있는 곳은 한 군데밖에 없으니.

저택을 빙 둘러싼 뒷산의 중턱쯤, 고즈넉한 곳에 깔끔하게 정리된 곳이 나타났다. 한겨울인 14월이건만 따뜻하게 내리쬐는 햇볕이 반가웠다.

그 햇볕을 받아 밝은 빛을 내뿜고 있는 비석들. 그중 가장 최근의 것으로 보이는 곳으로 걸음을 옮기는 베르누크였다.

바실로프 아이젠 남작의 묘.
나타샤 카트로빈 아이젠 남작부인의 묘.
슈라이버 아이젠의 묘.

그리고 그 밑으로 간단하게 요약된 일생이 적혀 있었다. 나고, 자라고, 결혼하고, 아이를 낳고, 키우고, 영지를 다스리고, 죽음을 맞았던 그 순간까지.

베르누크의 큼지막한 손이 묘비를 쓰다듬었다. 까슬까슬하고 차가운 느낌이 손바닥에 전해졌다. 하지만 손을 떼지 않았다. 까슬까슬함이 진한 슬픔으로, 차가움이 짙은 회한으로 다가왔다.

"편… 하세요? 형은 또 뭐가 그리 바쁘다고 벌써 가버렸어?"

억지로 웃었다. 까닭 모를 눈물이 또다시 흘러내렸다. 일생 동안 울지 않았던 베르누크가 불과 하루 사이 세 번의 눈물을 흘리고 있다.

"그렇게 급하셨어요? 조금만 기다리시지. 왜 그렇게 급하게 가셨어요. 좋은 것도 없다고 하던데요."

한 손으로 쓰다듬던 비석을 두 손으로 잡았고, 이내 무릎을 꿇고 비석을 끌어안았다. 차갑고 까슬까슬하기만 하던 비석이 포근하고 따뜻하게 느껴졌다.

"우리 착한 엄마, 한없이 가여운 우리 엄마, 잘할게요. 정말 잘할게요. 그리고 아버지, 아버지 말씀 중 하나를 지키지 못했네요. 어머니를 그냥 보냈어요. 죄송해요."

그렇게 혼잣말을 하면서 비석을 품고 한참 동안 있는 베르누크였다.

나이 삼십을 넘긴 베르누크는 같은 말만 계속 반복하며, 그날 눈물콧물이 범벅이 되도록 그렇게 오래도록 앉아 있었다.

＊　　＊　　＊

"집사도… 많이 늙었네요."

"도련님은 세월을 거스른 것 같습니다."

"그, 그런가요?"

검지로 볼을 슬쩍 긁으며 딴청을 부리는 베르누크였다. 실제 지금 베르누크는 20대의 얼굴이 그대로 남아 있었다. 물론 실제 20대 때는 살이 너무 쪄 제대로 된 얼굴이라고 할 수도 없었지만.

"영지가 많이 힘든가요?"

"상황이 썩 좋지는 않습니다."

담담하게 말하고는 있지만 그 말 속에서 느껴지는 감정은 참으로 복잡했다. 오래전부터 서서히 기울어져 가는 가문이었으나, 어머니가 지병이 심해져 앓아누운 지 세 달여 동안 급속하게 피폐해졌다. 가문의 후계자란 놈이 두문불출하고 있는 동안 온전하게 영지를 지켜낸 것은 오로지 지금의 집사 덕택이었다.

형님은 남작의 작위를 계승하지 못한 채 죽었기 때문에 정식으로 영주의 계승권은 조카가 아닌 베르누크에게 있었다.

연유는 바로 조카가 계승권을 포기했기 때문이다.

자식의 앞날을 걱정하는 것은 오로지 부모님의 마음이다. 너무나 외진 곳이다 보니 모든 것이 어려웠다.

해서 형수는 이곳의 영주보다는 더 많은 것을 배우게 하고 싶어 외가로 떠났다. 조카 역시 그러한 어머니의 마음을 헤아려 계승을 포기하고 형수와 함께 떠나갔다.

때문에 베르누크가 영주직을 계승해야 한다. 아직 정식으로 영주의 자리와 남작의 자리를 계승받지 못해 집사도 도련님이라 부르고 있을 뿐이다.

그러고 보니 지난 세월 동안 집사도 무던히 힘들었던 모양이다. 무던한 성격의 집사의 말끝이 저리도 톡톡 튀는 것을 보니 말이다.

"험험."

"뭐, 어쨌든 이제 정식으로 가문을 이으셔야 하니 알아두셔야 할 것을 정리해 두도록 하겠습니다. 우선 오늘은 일찍 쉬십시오."

오랜만에 만난 집사와의 첫 대면은 그렇게 데면데면하게 끝을 맺었다. 원체 드러내지 않는 성격이라 하지만 오랜만에 집사를 보는 베르누크는 조금은 섭섭한 마음이 들었다.

하지만 그러한 베르누크의 생각은 다음 날 여지없이 부서져 내렸다.

"이게 뭡니까?"

"영지 전반에 대한 현황을 기록한 것입니다."

집사의 말에 두꺼운 책을 들어 펼쳐 보는 베르누크였다.

"…영지민이 별로 없네요."

"네. 꽤 오랜 시간을 두고 빠져나가고 있습니다. 땅이 척박한 터라 제대로 된 작황이 이루어지지 않아서입니다."

"기사도… 거의 없군요."

"단장인 베인 경이 음으로 양으로 노력하지만 영지민조차 빠져나가고 있으니 나름 준귀족이라 칭하는 그들이 남아 있을 리 없잖습니까?"

"레… 너드는 잘 있나요?"

"아직 혈기왕성합니다."

집사의 말에 피식 웃어버리는 베르누크였다.

그가 집사가 준 책을 조금 더 살펴보았다. 하지만 읽으면 읽을수록 머리가 아파온다.

"상황이 좋지가 않군요."

책을 덮으며 머리가 아픈 듯 고개를 젓는 베르누크를 보고 집사는 별다른 말이 없었다. 딱히 무언가를 바라고 있는 눈빛이 아니었다.

"지금의 상황을 공자님께서 바꾸셔야 합니다."

집사의 말에 무겁게 고개를 끄덕인 베르누크이다. 그것을 본 집사는 여전히 무표정한 얼굴로 아주 미세하게 고개를 끄덕였다.

베르누크가 충분히 심각성을 깨달았다는 것을 인지한 것인지 그 말만을 남기고 집무실을 나갔다. 그 모습을 바라보던 베르누크는 자신의 앞에 놓인 두꺼운 서적을 바라보았다.

베르누크는 책으로도 사람을 죽일 수 있겠구나 하는 새로운 깨달음을 얻으며 멀뚱히 책으로 된 무기를 바라보았다.

대충 영지가 어떻다는 것은 알고 있었다. 아버지와 형님의 연이은 죽음. 그것은 영지에 크나큰 타격이었다. 특히나 영지의 상단을 이끌던 형님의 죽음은 영지의 재정을 더욱더 악화시켰다.

재정의 악화는 그렇지 않아도 넉넉하지 못한 영지에 치명

타가 되었다. 그리고 영지를 다스리는 모든 행정 체계에 영향을 미쳤다. 병사를 유지할 수도 없었고, 기사들은 살 길을 찾아 떠났다. 그나마 영지민들은 더 이상 갈 곳이 없기에 머무르고 있지만 그들조차도 점차 줄어들고 있는 상황이었다.

그것을 알고 있는 베르누크이다. 두껍디두꺼운 책. 무기가 되고도 남을 책 위에 손을 얹어놓고 톡톡 치던 베르누크는 이내 무언가를 결심한 듯 손바닥으로 두꺼운 책을 소리 나게 쳤다.

파앙!

"쓰읍! 까짓, 하자, 해! 그 무서운 살도 뺐는데 이까짓 것 못하겠냐? 인간 베르누크, 한다면 한다 이거야!"

그리고 두꺼운 무기의 첫 장을 펼쳤다. 개미보다 작은 글씨. 시작부터 두통이 일어나는 것 같다. 잔뜩 인상을 쓰고 보고 있으나 첫 페이지조차 넘기지 못했다.

"컨센트레이션(집중), 컴프리핸션(이해), 메모리(암기)."

기어코는 마법이 튀어나왔다. 그것도 아무렇지도 않게 말이다. 중요한 것은 마법이 튀어나옴과 동시에 무서운 속도로 그 두꺼운 무기가 될 만한 책의 페이지가 넘어가고 있다는 것이다.

파라라라락!

파라락!

파락!

탁!

"후우~ 공부는 너무 힘들어. 차라리 할버드 두 개를 양손에 들고 휘두르는 게 백번 천번 낫지."

공부는 소드 마스터를 울고 가게 할 인물도 힘들어했다. 동시에 마법까지 쓰는 기염을 토하는 괴물에게도 힘들었다. 하지만 베르누크는 간단하게 치부해 버렸다.

'적성이 아닌가 보지, 뭐.'

피곤함이 몰려왔다. 육체적인 피곤함은 아닐 것이다. 이미 베르누크는 그 이상의 단계를 이룩했으니 말이다. 그저 한꺼번에 닥친 지금의 상황에 정신적인 피곤함이 몰려왔다.

베르누크는 검지와 중지로 관자놀이를 지그시 눌러 돌렸다. 그러함에도 정신적인 피곤함은 풀리지 않았다. 머리를 젖히고 의자에 기대었다.

머리를 젖힌 베르누크의 얼굴에 미소가 떠올랐다. 돌아가신 어머니를 뵙는지도 모르겠다.

*　　　*　　　*

그렇게 실눈을 뜨고 천장을 바라보고 있을 때 소리없이 그림자가 드리워졌다. 이건 살기와 비슷한 것이다. 눈을 번쩍

뜨고 왼편을 보니 어느새 집사가 방금 전보다 더 두꺼운 무기를 들고 도끼눈을 하고 자신을 바라보고 있었다.

"다 읽으셨습니까?"

"어, 어?"

"다 읽으셨다니 이제 집무실로 나가서도 될 것 같습니다."

"아, 아니, 벌써?"

"벌써라니요? 한밤중입니다."

"끄응. 물어볼 것이 있는데……."

"물어보십시오."

"지금 가장 시급한 것이 자금인가요?"

"그렇습니다."

문제를 정확히 파악한 듯한 베르누크의 물음에 집사의 안색이 조금 풀리며 대답했다.

"가장 쉬운 방법이 아무래도 몬스터의 부산물이겠죠?"

베르누크의 말처럼 예전 아버지가 정정하실 때에는 영지민을 위해 정기적으로 행하는 몬스터 토벌로 인해 생기는 부산물이 영지의 큰 수입원 중 하나였다.

"기록을 봐서 아시겠지만 지금으로서는 불가능한 일입니다."

"음. 병사가 50명 정도밖에 되지 않는군요."

"혹시… 몬스터 사냥을 하실 생각이십니까?"

　오랫동안 집사 생활을 해서인지 빠르게 베르누크의 생각을 읽는 집사였다. 그에 베르누크는 고개를 끄덕였다.

“지금으로선 그것이 최선이니까요.”

“하지만…….”

　반박을 하려던 집사는 문득 베르누크를 살폈다. 처음엔 경황이 없어 알아보지 못했는데 그의 외모, 분위기가 달라져 있었다.

　단순히 살만 빠진 게 아니라 탄탄해졌다. 마치 수십 년간 수련만 해온 기사들보다 더.

“휴, 알겠습니다. 준비하겠습니다.”

“부탁해요.”

＊　　　＊　　　＊

“오~ 레너드, 오랜만이야?”

“커음. 어쩐 일이십니까, 영주님께서?”

　무언가 마음에 안 찬다는 듯이 살짝 꼬인 듯한 음성의 레너드. 그러한 레너드를 보며 살짝 웃는 베르누크였다. 그 마음을 이해하기 때문이다.

“공사가 다망하실 터인데 어떻게 이런 누추한 곳까지 오실 시간이 되셨는지 모르겠습니다.”

숨도 안 쉬고 면박을 주는 까칠한 레너드였다. 그 속사포 같은 말에 오히려 베르누크가 당황할 지경이다.

'허, 단단히 꼬였구만.'

"정말 그렇게 생각해?"

"달리 생각해야 합니까?"

"나의 오랜 친우 레너드여, 나는 지금 절실하게 너의 도움이 필요하구나."

그렇게 말을 하면서 히죽 웃는 베르누크였다. 딱딱하게 굳어져 있던 레너드의 얼굴이 꿈틀거렸다. 입가 주변이 씰룩거렸다.

"푸하하하! 반갑구나!"

그와 동시에 둘은 얼싸안았다. 오랜 친구. 깨복쟁이 때부터 알아온 너무나도 오래되고 소중한 친구가 가슴을 열고 베르누크를 맞이했다.

훈훈했다. 황량하게 바람만 불던 가슴 한쪽 구석에서부터 따뜻함이 전해져 왔다. 친구이기 때문에 모든 이가 고개를 젓고 떠날 때에도 이 우직한 친구는 자리를 지켰다.

그것을 생각하자 베르누크의 눈에 습막이 번졌다.

"오랜만에 나오더니 울보가 된 것이냐? 서른한 살에 눈물이라니."

"네놈의 눈에 맺힌 것은 그럼 땀이냐?"

“어? 언제 이런 것이……. 거참, 비도 안 오는데 말이지.”

“크크크크큭!”

“프풋, 푸하하하하!”

베르누크의 불알친구이자 현재 가문의 기사단장을 맡고 있는 레너드는 그렇게 한참을 웃었다. 말로 형언할 수 없는 어떤 느낌을 간직하고 말이다.

“힘들다면서?”

베르누크의 말에 레너드의 얼굴이 굳어지며 고개를 끄덕였다.

“지켜주지 못해서 미안하다.”

“미안하기는, 이놈아. 네가 없었으면 어찌 그나마도 지켰겠어?”

“어쨌든 미안한 건 미안한 거다. 기사단의 사정도 그렇지만 치안이나 가문을 지키는 병사들의 사정은 솔직히 말도 못할 정도다.”

그렇게 시작된 레너드의 말에 베르누크는 안면을 딱딱하게 굳힐 수박에 없었다. 너무도 열악했다. 남은 기사라고는 고작 네 명, 영지의 병사는 50명이었다.

치안을 담당해야 할 병사조차 없어서 청년들이 스스로 순번을 정해 마을의 치안을 맡아 하고 있었다.

이야기가 진행되면 진행될수록 베르누크의 고개는 점점

더 아래로 향했다.

입이 백 개라도 할 말이 없다. 집사와 레너드는 그러한 영지를 지켜오고 있던 것이다.

"미안하다. 정말 미안하다."

미안하다는 말만 되풀이하는 베르누크를 보고 레너드는 쾌활하게 말을 이었다.

"이제 시작해야 하지 않겠냐? 네가 이렇게 돌아왔으니 말이다. 몸도 좋아졌고 무엇보다 많이 강해진 것 같은데 말이지."

레너드는 대충 짐작하고 있었다. 물론 레너드의 경지가 자신의 경지보다 낮기에 어림짐작일 뿐이지만 베르누크가 가주의 지하 연무장에서 그냥 나왔을 리는 없다는 것을 충분히 인지하고 있었다.

레너드가 베르누크의 어깨를 툭툭 치며 말하자, 베르누크도 레너드의 어깨를 툭툭 쳤다. 참으로 허물없는 사이가 아니면 하기 힘든 행동이다.

"그래, 네 말대로 많이 강해졌다. 그리고 고맙다. 네가 여전해서. 그나저나 단원들이 많이 줄었다며?"

"끄응. 그, 그게……."

순간 인상을 잔뜩 찌푸린 레너드였다. 뭔가 말 못할 사정이나 기분 나쁜 일이 있을 때 레너드는 조금씩 벗겨지며 넓어지는 이마에 지렁이 같은 주름을 잡는다.

"보니까 너의 살빼기로 한 내기에서 상당한 금액을 헌납했던 크리스 경이 몇 명을 데리고 나갔다는데……."

"알고 있었냐?"

"집사가 그러대."

"커흠. 그 양반이 거참."

"뭐, 이해는 해. 원래 크리스 경은 우리 가문을 별로 탐탁찮게 생각했잖아."

베르누크의 말에 잔뜩 인상을 구긴 레너드가 분한 듯이 외쳤다.

"어찌 기사라는 놈들이 그럴 수가 있나! 한번 섬긴 주군을 버리다니! 주군은 죽었으나 주군의 가문이 명백하게 남아 있거늘! 또한 주군을 정하지 않는 자유기사도 아닌, 스스로 다른 주군을 찾아 그 밑으로 기어들어 간다는 것이 말이 되는가 말이다!"

레너드가 분을 참지 못하고 화를 내는 것은 당연할 수도 있었다. 하지만 그렇지 않을 수도 있었다. 이미 기사도란 명목상 기사의 규범이지 그 정신이 사라진 지 오래이기 때문이다.

심하게 말해서 조금 배운, 혹은 귀족 출신의 용병이라고까지 하며 땅에 떨어진 기사도 정신을 개탄하는 이들이 비단 식자들뿐만은 아니었으니 말이다.

“뭐, 우리 가문이 가능성이 없다고 생각했나 보지.”

심드렁하게 말하는 베르누크의 말에 탐탁지 않다는 듯이 애꿎은 연무장의 바닥을 발로 툭툭 차는 레너드였다. 그러한 레너드의 어깨에 팔을 두르며 베르누크가 말했다.

“읊어봐.”

“뭘?”

“쓰읍. 내가 아직도 옛날 비만돼지로 보이냐?”

“쯧! 괜히 그래.”

그러면서도 할 말은 다 하는 레너드다. 좋은 놈. 진짜 좋은 놈이다. 베르누크는 그저 그 좋은 놈에게 먹을 것을 조금 나눠줬을 뿐이다. 어렸을 때, 비만이어도 아직 걸어 다닐 수 있을 때 빈민가의 뒤에서 배를 쥐어 잡고 죽어가고 있는 레너드에게 말이다.

그때 이후로 레너드는 베르누크를 친구로서, 그리고 생명의 은인으로서 대했다. 베르누크에게서 떨어지지 않기 위해서 온갖 멸시와 구박을 받으면서도 기사로 성장했고, 모두 떠나가고 아무도 없는 이곳을 집사와 함께 지금껏 지켜오고 있는 것이다.

어느새 머리가 조금씩 벗겨지고 있어 장차 민머리가 될 가능성이 농후한, 서른하나라는 나이에 맞지 않게 노안이 되어버린 친구. 그래도 콧수염과 구레나룻은 나이가 들어가며 점점 더 멋있어지고 있었다.

레너드는 현재 남아 있는 기사단의 인원을 먼저 알려주었다.

우선 단장 레너드 베인. 31세. 약 3미터에 달하는 연검을 다루며 익스퍼트 중급이다.

부단장으로는 베르함 헤르메스. 32세. 용병 출신으로 주무기는 자그마치 40킬로그램에 달하는 배틀 엑스다. 익스퍼트 초급자이고 변칙 공격에 능하다.

단원으로는 라운 파이터인 29세의 애드워드 타이슨.

창을 다루고 31세인 하이론 브룩하이머.

쌍검을 귀신같이 다루고 27세인 유리 바실리코프.

"이상이 기사단의 전부다."

레너드의 설명에 베르누크의 얼굴이 굳어졌다. 서적으로 보는 것과 직접 듣는 것은 정말 천양지차였다. 어디 가면 전부 퇴물 취급당하고 배척당했을 인원이다.

제대로 된 검과 방패를 든 기사는 한 명도 없다. 연검에 권사, 창에 쌍검, 또는 배틀 엑스다.

"전부 비주류네?"

"그렇게 따지면 나도 비주류지."

"그런가?"

레너드의 말에 고개를 주억이는 베르누크. 실력은 있지만 비주류이기에, 용병 출신에 평민이라는 딱지 탓에 다른 기사단에서 배척받고 받아주지 않는 이들이다.

아마도 그래서 남아 있지 않았을까 하는 생각을 해보지만 어찌 되었든 지금까지 가문을 지켜준 고마운 그들이다. 한마디로 평민이고 용병 출신이지만 기사도라는 정신에 입각해서는 진정한 기사들이라 할 것이다.

"그리고 한 분 더 있지."

"아~ 집사 아저씨?"

물론 즉시 전력이 될지 안 될지는 모르지만 바로 아이젠 가문의 집사인 제레미 웹, 나이는 51세. 이미 베르누크도 그의 능력을 알고 있다.

"2서클을 마법사라고 하기엔 좀 그렇지 않냐?"

"뭐, 아직 2서클이지만 그래도 없는 것보다는 낫지."

레너드의 말이 맞다. 솔직히 2서클이면 어디서 명함도 못 내민다. 이른바 생활 밀착형 마법사이기에 그냥 견습 마법사라고 한다. 정식으로 마법사로 불리는 건 3서클부터다.

4서클은 숙련 마법사, 5서클은 위저드라 불린다. 위저드는 공격이 가능한 마법사라는 뜻이다. 그러한 이유는 공격과 방어를 자유자재로 할 수 있고, 광역 공격 마법이 가능하기 때문이다.

6서클은 대마법사라 불린다. 이유는 6서클에 마법사로서 바디 체인지를 겪기 때문이다. 그와 동시에 얻어지는 마나량의 대폭적인 상승 덕분에 현 시대에 있어 6서클의 대마법사는 소드 마스터와 비견된다.

7서클 대마도사라 불린다. 그 이유는 7서클에 오르면서 소울 체인지를 겪는다. 마법사만 겪는 것으로 정신력의 확장을 불러온다.

8서클은 세이지(현자)라 불린다.

과거 고대시대에 비하면 형편없는 현 시대의 마법 분류라 할 수 있다. 그리고 제레미 웹은 51세에 견습 마법사인 2서클의 마법사였다.

그것을 생각한 베르누크는 고개를 절레절레 저었다. 그러함에도 불구하고 가문에 있어서 집사는 없어서는 안 될 절대적인 존재다.

어쨌든 레너드의 설명을 다 듣고 베르누크 자신의 생각까지 더하고 나니 깊은 한숨이 저절로 내쉬어졌다.

"말이 아니지?"

"음? 아, 그러네."

"어떻게 할 거냐?"

"어떻게 할 거냐고?"

"그래."

레너드의 물음에 약간은 씁쓸함이 묻은 베르누크의 음성

이 흘러나왔다.

"천년만년 사실 것 같던 어머니께서 돌아가셨다. 내가 영주가 된 것이지. 아직은 실감이 나지 않는다. 스스로 인정을 하면서도 말이지."

"네가 영주라는 사실과 그것이 현실이라는 것은 변하지 않는다."

레너드의 충고에 피식 웃음을 흘린 베르누크. 레너드는 이런 친구였으니까 말이다. 잠깐 새삼스럽다는 듯이 레너드를 바라본 베르누크의 시선이 아련하게 한곳을 바라보다 말을 이었다.

"일단 영지민을 먹여 살려야겠지."

"어떻게?"

어떻게라는 말을 연거푸 내뱉는 레너드다. 그 또한 지금의 상황이 만만치 않다는 것을 알고 있는 것이다.

"음. 우선 돈을 벌어야겠지?"

"돈·벌 구석이나 있긴 하고?"

"있지 왜 없어."

"어디?"

"저~ 기~"

레너드는 베르누크가 가리키는 손가락 끝을 쫓아 눈동자를 움직였다. 평소 잘 아는 지역이다. 그것을 확인한 레너드

는 손가락을 쫓아간 속도보다 빠르게 눈을 돌려 베르누크를
쏘아 보았다.

"너 지금 메이플라이(하루살이) 산을 말하는 거냐?"

"어."

"정말?"

"어."

"진짜?"

"어!"

"제정신이냐?"

"말짱하다."

"후욱!"

한숨을 소리 나도록 거칠게 내쉬는 레너드.

"저곳이 어떤 곳인지 아냐?"

"그레이 오크하고 블랙 베어, 블러드 트롤, 트윈 해드 오우
거가 사는 곳. 거기다 전설에는 드래곤도 살고 있다고 하더
군."

"아는 놈이 그래?"

"대신 돈 되잖아."

"허~"

어처구니없다는 눈빛으로 베르누크의 얼굴을 뚫어지게 바
라본다. 하지만 조금은, 아주 눈곱만큼 혹시 가능할지도 모르

겠다는 생각을 하는 레너드였다.

그 이유는 바로 자신도 몰라볼 정도로 달라진 베르누크 때문이다. 예전에는 자신보다 조금 컸는데 지금은 고개를 젖혀야 얼굴이 보인다. 예전에는 자신의 시선이 베르누크의 턱에서 멈췄는데, 지금은 턱은 고사하고 목젖 아래 움푹하게 패인 곳에 시선이 닿았다.

키만 변한 것이 아니었다. 미묘하지만 풍기는 분위기마저 변했다. 그것을 인지한 레너드의 눈빛이 변했다. 확실히 달라졌다. 아니, 엄청나게 많이. 조금 더한다면 자신의 실력을 훨씬 뛰어넘을지도 모른다.

그래서 레너드의 어처구니없다는 눈빛이 이내 무언가 기대한다는 눈빛으로 변했다. 그러한 레너드를 보며 베르누크는 가슴을 펴며 고개를 끄덕여 주었다.

"믿어도 되냐?"

"믿어라. 진짜 오랜만에 만난 친구잖냐."

"너무 오랜만에 만난 친구라서 더 못 미덥다."

"레드야, 나 많이 변했다."

갑자기 베르누크가 어렸을 적 아명까지 부르며 싱긋 웃어 보인다.

"어떻게 할까?"

"지금 즉시 기사와 병사들을 모아. 집사님께 말씀드려서 한 달분의 식량을 조달하고.”

“집사님이 가만있겠냐?”

“이미 알고 계실 거다.”

“벌써?”

진짜 존경스럽다는 눈으로 베르누크를 바라보는 레너드였다. 지금껏 함께 지내왔지만 여전히 부담스럽고 아버지 같은 집사였으니 당연할 것이다.

특히 가문의 재정 상태가 계속 악화되고 있어서 금전에 관한 것이라면 유독 까다로워진 집사였기 때문이다.

“에~ 지금 오전 열한 시니까 식사하고 장비 수령하고 식량 조달해서 네 시까지 연무장에 집합해.”

“명!”

크게 외친 레너드가 절도 있게 자세를 취하고는 집무실을 나갔다.

베르누크는 집사를 호출했다.

“오늘 사냥을 떠날까 합니다.”

“너무 이르지 않습니까?”

“어차피 집사님도 아시잖아요. 지금 상황에서 자금난을 해결하는 것이 가장 우선이라는 것을요.”

“그렇기는 합니다만 기사들과 모든 병력을 동원한다면 자체 방어 병력이 없습니다.”

"자경대를 활용할 수밖에 없어요. 마음 다진 지금을 놓치면 또다시 미뤄질 수밖에 없어요. 그러다 보면 결국 해결할 방도가 없어짐을 집사도 아시잖아요."

"그렇기는 합니다만……."

그 이후로도 베르누크는 집사와 많은 대화를 해야만 했다. 급작스러운 움직임. 취지는 좋았지만 분명 위험하고, 준비조차 제대로 안 된 상황이었으니까 말이다.

그로 인해 베르누크는 집사에게 장장 두 시간에 걸쳐 엄청난 설교를 들어야만 했다.

그래서인지 연무장에 모인 스무 명 남짓의 병사와 다섯 명의 기사, 그리고 단장에게 일장 연설도 없이 곧바로 메이플라이 산으로 말을 몰아 나가는 베르누크였다. 다른 이들은 그저 급했나 보다 할 테지만 레너드는 달랐다.

안쓰럽다는 듯이 오랜 친구인 베르누크의 뒤통수를 바라보았다. 아마 자신이라면 이미 시체가 되었을 것이다. 집사의 구공은 충분히 그러고도 남으리라는 생각이 들었다. 그런 집사의 구공을 족히 두 시간은 시달렸으니 저만 해도 다행이리라.

CHAPTER
03
인정

Knight King

　말을 달리고 달려 일주일이 지나서야 메이플라이 산에 도착했다. 사실 베르누크에게 있어서 메이플라이 산은 이번이 처음이다. 비대한 몸 때문에 자신의 방을 벗어나 본 적이 없기 때문이다.

　기실 메이플라이 산은 영주성에서 그리 멀지 않다. 말을 달린다면 고작 하루 반나절이면 도달할 거리. 하지만 말을 탄 이는 자신과 기사들뿐이다. 병사들은 오로지 뛰어야만 했다.

　방패와 장창, 그리고 짧은 단창 두 개, 글라디우스 한 개, 비상용 단검과 손도끼 등의 장비가 주렁주렁 매달려 있고, 거

기에 자신들이 먹어야 할 한 달분의 식량까지 짊어지고 뛰어
야 했다.

그들의 이동을 고려하면 일주일도 빠른 편이었다.

강행군이라고 해도 크게 틀리진 않은 이동속도에 병사들
이 수군거리며 서로 불만을 토로했다.

"후욱! 후욱! 젠장! 이게 대체 뭔 일인지."

"그러게 말이다. 살 좀 빼서 사람 되는가 싶었더니 겨우 이
인원으로 메이플라이 산에서 몬스터를 잡는다니, 대체 정신
머리가 어떻게 생겨먹은 거야?"

"누가 아니래. 그나마 베인 경이 계셔서 다행이지. 이렇게
무기하고 방패, 그리고 식량까지 짊어지고 대체 뭘 어쩌겠다
는 것인지."

"이놈들, 조용히 해라. 들으시겠다."

"아씨, 영감은 화도 안 나우? 저 메이플라이 산이 어디 마
을 가는 뒷산이오? 다른 지역보다 두 배는 무섭다는 몬스터가
살고 있는 것이오. 기사 다섯에 병사 스무 명으로 대체 뭘 어
쩐단 말이오?"

"그래도 어쩌겠냐. 그나마 베인 경이 있으니 어떻게 수가
나겠지. 그리고 그따위 소리 작작해. 그러다 들으면 치도곤을
면치 못할 게야."

중늙은이 병사의 말에 젊은 병사가 불만스러운지 입을 삐

죽였다.

특히나 기사단에서 가장 나이가 어린 유리 바실리코프 경은 그 불만이 대단하였다.

"아니, 형님, 정말 이게 말이 되는 이야깁니까? 겨우 이 인원으로 메이플라이 산을 들어간다니요."

"조용히 하거라. 영주님 들으신다."

그에 한층 더 소리를 죽여 베르함 헤르메스 경의 옆으로 다가와 속삭이는 유리 바실리코프 경이었다.

"솔직히 그렇잖습니까? 영주님의 실력을 알지도 못하고 사전에 무슨 계획이나 훈련을 한 것도 아닌데 평생 처음 가본 곳에서 몬스터 사냥이라니요."

"끄응. 단장님께서 무슨 수가 있겠지. 기사가 아니더냐."

헤르메스 경의 묵직한 질책에 이내 입을 다문 바실리코프 경이었다. 하지만 여전히 불만스러운 표정이다. 기사나 병사나 그 생각은 똑같았다.

베르누크는 그들의 불만을 다 들었다. 이미 마스터의 경지를 개척한 베르누크다. 아무리 속삭인다 하여도 그 소리를 못 들을 리 만무했다.

하지만 베르누크는 그것에 대해 가타부타 말이 없었다. 오히려 안절부절못하는 것은 레너드였다. 레너드 역시 모두 듣고 있었으니 말이다.

베르누크가 그들의 마음속에 자리 잡기에는 아직 시간이 촉박했고, 그의 모습을 보여준 시간이 너무나 짧았다. 그러는 동안 그들은 원래의 목적지에 도달할 수 있었다.

"저곳이로군."

"그렇습니다."

잠시 행군을 멈춘 베르누크와 일행은 자신들을 향해 검은 아가리를 떡 벌리고 서 있는 메이플라이 산을 바라보며 말했다. 이미 날은 어두워지고 있었다.

"여기서 야영을 하고 내일 오전에 진입한다."

"명!"

평소 둘만 있을 때는 '야', '자' 하며 반말을 해댔으나 공적인 자리이고 그런 만큼 철저하게 상명하복이다. 그렇게 하지 않으면 겨우 진정시킨 기강이 해이해지기 때문이다.

베르누크의 명령은 즉시 시행되었다. 조용히 대기하던 기사들과 병사들이 갑자기 부산해졌다.

저녁을 먹고, 자유 시간을 갖고 난 후 말을 한쪽 편으로 몰았다. 그리고 이글거리는 불 앞에서 다들 취침 준비를 했다. 하지만 취침에 들어간 병사나 기사는 없었다.

그것은 이들이 긴장하고 있다는 것을 의미한다. 그들의 생각은 한결같았다. 명령이기에 따르기는 하지만 불가능하다는 것을 알고 있는 것이다.

"형님, 아무래도 검증은 하고 가야 하지 않겠소?"

조용히 있던 타이슨 경이 헤르메스 경에게 은근히 말을 전했다. 그에 브룩하이머 경까지 나서서 헤르메스 경에게 말을 건넸다.

"고작 겨우 스물여섯 명입니다. 이 인원으로 도대체 하루살이 산에서 어떻게 살아남는단 말입니까? 병사들 역시 마찬가지일 것입니다. 반드시 거쳐 가야 할 과정이라 생각합니다."

선선히 고개를 주억거리는 헤르메스 경이었다. 그러다 잠시 단장인 베인 경을 바라보았다. 베인 경 역시 들었을 것이다. 무언의 승낙을 구하는 것이었다.

끄덕.

아주 작은 끄덕임. 그것은 승낙한다는 표시였다. 그에 헤르메스 경이 살짝 웃음을 띠었다. 직책이 단장이어서 그렇지 그 역시 불안했던 것이다.

헤르메스 경이 자신의 애병인 배틀 엑스를 들고 쉬고 있는 베르누크를 향해 걸어갔다. 그에 베르누크는 자신에게 걸어오는 헤르메스 경을 바라보며 입을 열었다.

"할 말이 있는가?"

"있습니다."

"해보게."

"외람된 말씀일지 모르지만, 가능합니까?"

베르누크도 이미 이야기를 다 듣고 있었기에 무슨 말을 하는 것인지 알고 있었다. 그는 간단하게 대답했다.

"가능하지."

"무엇으로 말입니까?"

"무엇으로라……."

"……."

기사들이 침묵했다. 병사들은 그러한 기사들과 베르누크의 기세 싸움을 조심스럽게 바라보고 있고 레너드는 살짝 옆으로 빠져 있었다.

어차피 겪어야 할 과정이다. 물론 지난 일주일 동안 겪었으면 좋았으나 지금도 늦지 않았다. 그리고 자신도 궁금했다. 25년지기 불알친구가 과연 어떻게 변했을지 말이다.

"그럼 내가 무엇을 어떻게 하면 되겠는가?"

"지니고 계신 할버드가 그저 관상용이 아니라는 것을 보여주시면 됩니다."

순간 주변으로 정적이 흘렀다. 비록 아직 직위와 작위는 정식으로 인정받지 못했지만 남작 위의 계승이 확실시되는 귀족에게 그 무력을 보여달라고 했으니 긴장하지 않을 수 없었다.

"후하하하! 그렇지. 그러면 되지. 그래, 경이 먼저 하겠나?"

하지만 기우였다. 호쾌하게 승낙해 버리는 베르누크였다. 그는 확실히 여타 귀족과 달랐다. 달라도 많이 달랐다.

'이것들아, 니들만 날 평가하냐? 나는 뭐 거지 똥자루냐? 어디 한번 그 빳빳한 너희의 실력 좀 보자.'

이것은 베르누크의 속셈이었다. 아니, 일부러 그렇게 상황을 조장하고, 그들을 끊임없이 자극한 결과였다.

수하가 따를 주군을 시험하기도 하지만 대장 역시 부하를 시험한다.

그들은 아직 베르누크가 얼마나 영악하고 능구렁이인지 모른다. 당연하다. 한 번도 겪어본 적이 없다. 그냥 듣기만 했다. 그것도 과거의 베르누크만 말이다.

반면에 베르누크는 그들을 잘 안다. 바로 자신의 친우인 레너드를 통해서 말이다. 레너드 역시 베르누크를 모른다. 과거는 보여주었을지 몰라도 지금의 모습을 보고 느낀 적은 거의 없으니 말이다.

후웅! 홍!

어느새 베르누크는 자신의 무기인 무식한 할버드를 들고 가볍게 휘두르고 있다. 몸을 푸는 게 아니었다. 대충 기지개를 펴는 듯한 행동이다.

"됐어. 오라고!"

"준비운동이 그것으로 끝입니까?"

"이 정도면 몸을 다 푼 것 아닌가? 기사는 언제나 몸을 최상의 상태로 유지해야 한다고 알고 있는데, 아닌가?"

"죄송합니다. 제가 어리석었습니다."

이내 자신의 실수를 깨끗하게 인정하고 헤르메스 경은 애병인 배틀 엑스를 뽑아 들었다. 188센티미터의 키에 단단한 근육이 온몸을 휘감고 있는 헤르메스 경의 투기는 주변을 긴장시키기에 충분했다.

베르누크는 오른손으로 3미터에 달하는 할버드의 중단을 잡고 그 끝을 땅에 둔 채 비스듬히 자세를 잡았다. 그저 흘려 보기에는 너무도 완벽한 모습이다.

헤르메스 경 역시 그 모습에 경시하지 못하고 좌측의 배틀 엑스를 중단으로 잡고 우측의 배틀 엑스를 상단으로 잡아 비스듬히 몸을 틀었다. 그가 든 배틀 엑스에는 오러 포스가 푸른빛을 발하며 날카로움 더하고 있었다.

그저 단순한 대련이 아니라는 것을 의미했다. 오러가 없이 대련하는 것이 아닌 실전과 같이 오러를 이용한 대련이다. 그것을 지켜보는 기사나 병사들 역시 긴장감에 호흡을 골랐다.

선공은 헤르메스 경이 했다. 폭풍 같은 기세가 일어남과 동시에 두 개의 배틀 엑스가 여섯 개로 불어났다. 그 여섯 개의 배틀 엑스는 베르누크의 전신 요혈을 노리며 사정없이 쇄도하였다.

"멋지군!"

베르누크는 순수한 감탄을 담아 자신의 전신 요혈을 노리는 여섯 개의 배틀 엑스를 바라보았다. 정말 멋지다. 반달로 이루어진 배틀 엑스 여섯 개가 빛을 발하며 다가오는 것은 황홀할 만큼 멋지다.

하지만 감상은 감상이고 대련은 대련이다. 베르누크 역시 움직였다. 머리, 가슴, 어깨, 허리, 허벅지와 발목을 뱀의 혀처럼 노리고 들어오는 헤르메스 경의 공격. 베르누크의 신형은 마치 유령처럼 움직였다.

길고 긴 할버드가 마치 장난감처럼 움직이며 여섯 개의 배틀 엑스를 모두 막아내고 있다. 허상이 아닌 실제 공격이라는 것을 의미한다.

따다다당!

쇠가 부러지는 소리가 났다. 하지만 공격과 방어는 아직 끝나지 않았다. 헤르메스 경은 자신의 첫 공격이 무산된 것에 상당히 놀란 모습이다. 하지만 그렇다 해도 그 자신은 용병으로 잔뼈가 굵은 백전노장이다.

일격필살이면 좋겠으나 후속된 공격과 방어에 대하여 항상 생각하고 대비하여야 한다. 지금 자신의 공격은 상당히 심혈을 기울인 것이고, 그렇다 보니 동작이 커 다음 공격을 하기에는 무리가 따른다.

터더더덕!

그것을 느끼자마자 헤르메스 경은 급히 신형을 뒤로 물렸다. 상대방의 공격에 대비하는 모습이었다. 그리고 그의 판단은 정확했다. 지금 그의 전면으로 베르누크의 모습이 보이지 않았다.

"하아압!"

"헛!"

급히 소리 나는 곳으로 시선을 들어 올린 헤르메스 경은 경악하고 말았다. 베르누크가 공중에 숫아올라 있었다. 커다란 레드 문에 검은색 동체가 떠 있다. 그 속에는 매서운 검격이 숨어 있었고 말이다.

쿠웅!

떠더더덩!

"크훗!"

내려치는 할버드를 배틀 엑스를 교차하여 막기는 했지만 그 힘의 여파가 엄청나 뒤로 주르륵 물러나며 짧은 비명을 지른 헤르메스 경이었다.

마나를 두른 것도 아니다. 그저 공중에 치솟아 올라 산악을 양단하듯이 체중을 실어 위에서 아래로 내려친 것뿐이다.

한데 손아귀와 손목, 그리고 팔로 연결된 그 충격은 짜릿하기 이를 데 없었다.

“후욱! 후욱!”

헤르메스 경은 단 한 번의 방어에 상당한 체력을 소모한 듯이 거친 숨을 들이쉬었다.

기사들과 병사들은 이해할 수 없었다. 헤르메스 경은 힘이 대단한 기사다.

힘뿐만이 아니다. 바윗돌처럼 단단한 근육에 순간적으로 가해지는 힘은 웬만한 트롤과도 맞먹을 정도다. 그러한 그가 단 일 합에 거친 숨을 내쉰다는 것이 이해가 되지 않는 것이다.

“더 하겠나?”

“…….”

말이 없자, 베르누크가 지닌 할버드의 창끝이 수평으로 정확히 헤르메스 경의 이마를 가리켰다. 말이 없는 것은 대련을 계속하겠다는 의지의 표현이다.

스스스슷!

방금 전과는 다르게 미세하게나마 바람이 훑어내는 듯한 소리가 들렸다. 그리고 그 소리와 함께 헤르메스 경의 배틀엑스가 축 처졌다

“끄응! 졌습니다.”

“깨끗하군. 실력에 비해 그 마음가짐이 깨끗해서 좋아.”

“사정을 봐주셔서 감사합니다.”

“대련인데, 뭐.”

두 사람의 대화에 기사들과 병사들은 놀라서 헛바람을 삼켜야 했다.

단장인 레너드 베인 경을 제외하고는 가장 강한 기사가 헤르메스 경이다. 중급과 초급 사이에 묘하게 걸쳐 있는 상황인 그다. 그런데 그가 순순히 패배를 시인했고, 거기에 손속에 사정까지 두었다니 놀라지 않을 수 없다.

놀라 얼이 빠져 있는 기사들과 병사들을 바라본 베르누크는 히죽 웃으며 입을 열었다.

“다음은 누구?”

아무도 없었다. 베르누크의 물음에 대답할 정신이 없었다. 그중 가장 먼저 정신을 차린 것은 역시 단장인 레너드 베인 경이었다.

“창공의 기사단 단장인 레너드 베인이 영주 대리이신 베르누크 아이젠 데 캘리노스 남작님께 대련을 청합니다.”

어느새 꺼내 들었는지 자신의 애병인 연검을 들고 베르누크 앞에서 당당히 대련을 청하는 레너드 베인 경이다. 비록 나이가 들고 지금껏 검을 닦아 이제 중급에 이르렀지만 그 호기만은 아직 그대로인 레너드 베인 경이었다.

“베르누크 아이젠 데 캘리노스는 창공의 기사단 단장인 레너드 베인 경의 대련 신청을 이의 없이 수락한다.”

파라라락!

베르누크의 승낙이 떨어지자마자 마치 채찍처럼 긴 3미터의 연검이 빳빳하게 고개를 들었다. 선명한 우윳빛의 오러 얀[劍絲]이었다. 완연한 익스퍼트 중급의 검사라는 증거이다.

"오~"

"아!"

그것을 바라보는 기사들과 병사들 사이에서 경탄성이 터져 나왔다. 평소 장난이 심하고 짓궂은 데가 있어 그 진실한 실력을 내보이지 않던 기사단장이 비로소 그 허물을 벗는 느낌에 탄성을 지른 것이다.

"좋군."

미소를 지으며 베르누크의 할버드에도 우윳빛의 오러가 솟아올랐다. 그 또한 오러 얀이었다. 실 다발이 꼬인 것처럼 찬란하기 그지없는 우윳빛의 오러 얀 말이다.

"아!"

경탄성이 또 한 번 터져 나왔다. 헤르메스 경과의 대련에서는 오러 포스를 보이지 않은 베르누크다. 해서 설마 했다. 운으로 이겼을지도 모르는 일이다.

하지만 완연하게 순백으로 이루어진 오러 얀은 경탄성을 자아내기에 충분했다. 그리고 그 속에는 레너드 베인 경을 기사단장으로서 충분히 배려하고 있다는 뜻이 내포되어 있었다.

스화아앗!

순간 환상처럼 레너드 베인 경의 연검이 움직였다. 갑자기 안개가 몰려오듯이 짙은 어둠을 뚫고 회백색의 안개가 달려들었다. 또한 그 속에는 흉험하기 이를 데 없는 수없이 많은 칼날이 번쩍이고 있었다.

베르누크는 압박감을 느꼈다. 지금은 레너드와 똑같은 익스퍼트 중급. 차이는 전혀 없었다. 똑같은 조건에서의 대련. 그것은 자칫 생명을 앗아갈 수도 있다.

진검에 마나까지 사용하니 당연한 것이리라. 하지만 베르누크는 이 압박감이 기분 좋았다. 긴장감이 돌고, 자신을 향해 악마의 이빨처럼 달려드는 이 날카로운 감각이 좋았다.

베르누크의 할버드가 서서히 움직였다. 아주 느릿한 움직임. 너무 느려서 할버드가 다 움직이기 전에 베르누크의 전신이 레너드의 오러 앞에 난자될 것 같았다.

하지만 아니었다. 느릿하게 좌에서 우로 횡으로 그려지는 베르누크의 할버드는 다가오는 검의 안개를 하나하나 부수며 전진하고 있었다.

후우우웅!

마치 강한 바람에 안개가 물러나듯 레너드의 검의 안개는 좌에서 우로 쩌억 갈라졌다.

저벅!

움찔!

저벅저벅!

움찔움찔!

한 걸음, 또 한 걸음. 베르누크가 한 발씩 움직일 때마다 검의 안개는 진저리를 치며 흩어져 나갔다. 좌에서 우로 움직이던 할버드가 위에서 아래로, 좌하에서 우 상단으로, 우하에서 좌 상단으로 걸음을 옮길 때마다 느릿하게 움직였다.

콰아아아!

마지막 우하에서 좌 상단으로 할버드를 그어 올리자 마치 폭포가 떨어지는 듯한 굉음이 울리며 검의 안개가 사방으로 흩어지며 사라졌다. 그 순간 날카로운 하나의 빛살이 베르누크의 목을 노리며 쇄도했다.

츄리릿!

할버드의 첨두와 연검의 첨두가 부딪치는 순간 연검이 교묘하게 기세를 흘리며 뱀의 혀처럼 할버드를 타고 베르누크를 향했다. 베르누크는 웃었다. 생각보다 훨씬 대단한 자신의 친우 때문이다.

할버드의 첨두를 밑으로 하여 그대로 회수했다. 왼발을 축으로 하여 빙글 돌면서 할버드의 중단을 잡았던 손을 놓고 가장 끝을 잡은 채 앞으로 쭈욱 밀어 넣었다.

설명은 길었지만 그 모든 행동이 행해지는 시간은 그야말로 창졸간이었다.

우뚝!

베르누크의 할버드가 레너드의 양미간 사이 바로 앞에서 멈춰 섰다. 따지자면 양피지 한 장 정도의 거리? 그 정도의 거리로 멈춰 서 있다. 레너드는 등에 식은땀이 주룩 흘러내림을 느꼈다.

"끄응! 졌습니다."

"후우~ 수고했어."

"와아!!"

앓는 소리를 내며 패배를 자인하는 레너드 베인 경. 살짝 웃으며 수고했다고 다독이는 영주 대리. 보기 좋았다. 물론 기사들과 병사는 그 모든 과정을 보고 있었기에 눈이 휘둥그레진 채로 감탄성을 자아내고 있었다.

병사들의 시선이 완전히 바뀌었다. 기사들은 베르누크와 단장인 레너드 베인 경의 대련에 약간의 깨달음이라도 잡기 위해 분분히 흩어져 둘의 대련을 복기하고 있었다.

직접적인 경험은 아니나 지근거리에서 마나와 동조하여 그 대련의 과정을 보았기에 직접적인 경험 못지않게 얻은 것이 있었기 때문이다.

특히나 베르누크와 직접적으로 손속을 나누었던 헤르메스 경에게는 더없이 좋은 효과를 내고 있었다.

그는 승패가 갈리기 직전 이미 한쪽 편에 자리를 잡고 자신이 직접 경험한 것과 지금 참관한 대련을 통하여 새로운 진경을 보고 있었다. 그것을 본 다른 기사들은 질세라 자리를 잡고 앉았다.

물론 대련을 하지 못한 것을 상당히 아쉬워하면서 말이다. 병사들은 단장과 대등한, 아니, 단장을 압도하는 무위를 보여준 영주 대리의 모습에 살아갈 수 있겠구나 하는 희망을 갖게 했다.

병사들은 상기된 얼굴로 빠르게 주변을 정리하고 잠을 청하는 모습이었고, 기사들은 마나 호흡이나 명상에 빠져들었다. 졸지에 그들의 호법이 되어버린 베르누크였다.

하지만 나쁜 기분은 아니었다. 아니, 오히려 상쾌하고 기분이 좋았다.

진영의 정중앙, 베르누크는 말없이 할버드를 옆에 세우고 동상처럼 서 있었다.

'음, 이 정도면 좀 놀라지 않았을까? 놀라야 할 텐데. 그래야 내가 편해지잖아.'

깊숙한 눈에는 열정이라기보다는 간사함이 비쳤다. 그리고 그 속에는 상당한 갈등이 내포되어 있었다.

'음, 보자. 일단 병사들과 기사들은 기본 소양으로 PT를 시켜야겠는데. 그러자면 트레이닝 홀이 있어야 할 것 같고. 기

사들은 밖에 내돌릴 수 없으니 트레이닝 룸을 둬야 할 것 같고.'

거기까지 생각이 미친 베르누크는 검지로 볼을 살짝 긁었다. 그리고는 이내 머리를 벅벅 긁기 시작했다.

'아씨. 집사가 문제네. 돈 들어가는 거잖아. 무기도 만들어야 하고, 갑옷도 만들어야 하고, 인원도 늘려야 하고. 아씨, 할 게 겁나게 많은데. 아아~ 세상에 할 일은 많고 돈은 없구나.'

하지만 베르누크의 그러한 상념은 오래가지 못했다. 낮고 굵직한 목소리.

"계속 그렇게 서 계실 겁니까?"

언제 깨어났는지 베인 경이 다가와 말을 걸었다.

"어? 어. 아니, 뭐. 다들 깨어났나?"

"아직은 아닙니다만."

"에이~ 왜 이래. 걍 편하게 가자고. 다들 정신없어서 듣지도 못할 텐데."

"음. 잠시 자리를 옮겼으면 합니다."

"아, 뭐, 그러지."

슬금슬금 레너드의 뒤를 따라가는 베르누크였다.

레너드의 기분 상태가 그리 좋지 않은 것 같아 눈치를 보며 걸었다. 덩치에 안 맞게 상당히 소심한 베르누크였다.

　그렇게 얼마 정도 걸어가 기사들과 병사들이 안 보일 때쯤 레너드가 돌아섰다. 베르누크는 주변을 휘휘 둘러보며 딴청을 부렸다.

“음. 여, 여기서?”

“야!”

“어? 왜?”

“너 맞아?”

“뭔 말이냐?”

“알면서 그래?”

“음…….”

베르누크는 레너드를 보며 망설였다. 어떻게 대답을 해야 할지 난감했기 때문이다.

　그가 머리를 벅벅 긁었다. 도무지 생각나는 게 없었다. 지금 자신을 도끼눈을 하고 보는 친구 놈 때문에 더 그랬다.

“짱구 굴리지 말고 빨리 이실직고해라.”

“아씨. 그. 그래, 가문 비전이다.”

“가문 비저어언?”

“그. 그래. 가문의 비전. 흠흠.”

“말 같은 소리를 해. 가문에 대해서는 내가 너보다 더 잘 알 텐데?”

“아씨. 그냥 그런가 보다 해라, 얌마. 영주가 강해서 나쁠

건 없잖아.”

“흐음.”

빽 소리를 지르는 베르누크의 말에 팔짱을 끼며 가재미눈을 하는 레너드였다. 나이 서른 초반의 남자들이 말하는 본새가 어찌 이팔청춘하고 다른 데가 하나도 없었다.

“그거 나도 좀 가르쳐 주라.”

“어, 그래. 뭐, 뭐라고?”

“가르쳐 달라고.”

“뭔지나 알고 가르쳐 달래?”

“네가 익혔으니 설마 죽기야 하겠냐?”

“그럼 내가 네 스승이다?”

“알겠습니다, 마스터!”

움찔!

곧바로 공손한 태도를 보이는 레너드의 모습에 움찔 몸을 떠는 베르누크였다. 하지만 히죽 웃고 있는 레너드의 모습에 베르누크 역시 그 의미를 알고 히죽 웃고 말았다.

CHAPTER
04
메이플라이
산

Knight King

취이잇!

뀌이이익!

"1보 전진!"

"1보 전진!"

"방패병 앞으로!"

"방패병 앞으로!"

"창병 찔러!"

"창병 찔러!"

복명복창과 함께 스무 명의 병사는 각 열 명씩 나뉘어 방패와 창으로 그레이 오크의 퇴로를 차단하고 있었고, 기사들은 방향을 나누어 그레이 오크를 주살하고 있었다.

계곡의 이곳저곳에는 이미 죽어 나자빠진 그레이 오크들의 시체가 즐비했고, 그레이 오크의 녹색 핏물을 잔뜩 뒤집어쓴 기사들은 자신이 가진 무기로 그레이 오크들과 대치하고 있었다.

연검이 그레이 오크의 목을 감아 터뜨렸다. 배틀 엑스가 방패와 함께 그레이 오크의 머리를 쪼갰으며, 투껍고 검은 강철 건틀렛은 그레이 오크의 안면을 강타했다.

길고 짧은 창을 번갈아 가며 방어벽을 뚫으려는 그레이 오크를 견제함과 동시에 두터운 그레이 오크의 가죽을 뚫고 핏물을 게워내도록 했으며, 바람처럼 움직이며 빛살처럼 그레이 오크의 목을 베어 넘겼다.

그중의 발군은 역시 베르누크였다. 그의 할버드는 인정사정없었다. 어찌나 기세가 살벌한지 그의 주변에는 그레이 오크가 주춤거리며 오히려 사정권에서 벗어나고자 찔끔찔끔 물러나고 있었다.

쯔억!

꾸이이익!

마지막 남은 그레이 오크의 머리가 둘로 쪼개졌다. 베르누크는 할버드에 묻은 녹색의 핏물을 털어냈다.

그와 동시에 퇴로를 차단하고 있던 병사들은 재빠르게 다가와 죽은 그레이 오크들을 확인 사살하고 잘 단련된 단검으로 가죽을 벗기기 시작했다.

"오늘이 한 달째입니다. 귀환해야 하지 않을까 합니다."

"벌써 그렇게 되었나?"

답은 없었다. 물론 굳이 답을 얻자고 물어본 것도 아니었다. 베르누크와 레너드는 나란히 시체를 처리하고 있는 병사들을 바라보았다.

'시간이 참 빠르게 흘러가는군.'

메이플라이 산에서의 한 달은 그야말로 죽음과 고통의 시간이었다.

베르누크의 의도는 물론 몬스터 사냥도 있었지만 이들의 실력을 늘려줌과 동시에 스스로의 한계를 깨는 것이었다.

그러기 위해서 쉬는 시간 없이 기사들과 병사들을 몰아붙였다. 처음엔 그저 그레이 오크 다섯 마리 정도였다. 딱 기사들과 맞는 숫자만큼 그레이 오크를 만났다.

하루 종일 다섯 마리씩의 오크와 전투를 치렀다. 기사들과 병사들은 그 다섯 마리의 오크마저도 겨우 잡아냈다.

기사가 일대일로 그레이 오크와 맞붙으면 병사들은 사방을 경계하고 그레이 오크의 퇴로를 차단하며 혹시나 있을 위험을 견제하는 역할을 수행했다.

이튿날, 여섯 마리의 오크와 전투를 치렀다. 기사와 병사들은 정신을 차릴 수 없었다. 특히나 병사들 역시 오크 한 마리를 감당해야 했기에 더욱 그러하였다.

다음 날은 또 늘었다. 그다음 날은 또 배로 늘고. 잠잘 시간이 없었다. 짬짬이 잤다. 병사들도 마찬가지였다. 선 채로 자기도 했다.

처음엔 불평이 나왔다.

"대체 이 짓거리를 왜 해야 하느냐고."

"아씨. 영주님은 대체 왜?"

하지만 그렇다고 달라질 것은 없었다. 오크의 수는 계속 늘어났고, 늘어난 만큼 힘들게 싸워서 이겨냈다. 그동안 그들은 스스로가 발전하고 있다는 것을 알게 되었다.

그리고 마침내 그레이 오크 한 부락을 공략했다. 괄목할 만한 성장이었다. 그레이 오크 한 부락이면 적어도 100마리는 넘는다는 것인데 말이다.

"우와아아!"

"우허허허! 우리가… 우리가 해낸 거구나."

"우리가 해냈어. 정말 해냈다구."

병사들과 기사들은 기뻐했다. 자신의 실력이 일취월장했기에, 그리고 그러함으로써 그들은 또 하나를 얻었다. 바로 패배의식과 뒤바꾼 자신감이었다.

또한 그들은 볼 수 있었다. 자신들의 영주인 베르누크의 무시무시한 무력을.

메이플라이 산 초입에서 봤던 오러 얀이 아니라 그보다 한 단계 높은 오러 리저넌스였다.

그것도 완벽에 가까운 오러 리저넌스였다. 병사들과 기사들의 입이 헤 벌어졌다. 익스퍼트 최상급은 극히 보기 드물다. 소드 마스터만큼이나 보기 힘든 것이 바로 오러 리저넌스를 구사하는 최상급이다.

"영주님께서 한 단계 더 발전하신 건가?"

"그때는 우리에게 적당한 수준으로 맞춰주신 게로군."

신뢰가 형성되었다. 자신감을 가지게 되었다. 그때부터는 베르누크가 굳이 참여하지 않아도 되었다. 기사와 병사들의 조합으로도 충분히 그레이 오크 정도는 감당할 수 있었기 때문이다.

병사들은 희희낙락하면서 그레이 오크의 가죽을 벗기고 힘줄을 잘라내며 뼈를 발라내었다. 바실리코프 경 역시 신이 나서 외쳤다.

"조심히 다루도록!"

"물론입죠. 이것이 다 돈인데."

"여기에 두도록!"

"명!"

부산물을 분류해서 차곡차곡 쌓아 한쪽 편에 정리하면 베르누크는 부담 없이 마법 배낭에 그것을 쑥쑥 집어넣었다.

이 메이플라이 산의 몬스터는 드래곤이 산다는 전설이 있을 정도라서 그런지 상당히 특출 나다.

오크를 예를 들자면, 일반 녹색 오크, 그레이 오크, 엘리트 오크가 있다.

주지하다시피 일반 동물의 가죽보다 몬스터의 가죽이 훨씬 질기고 다양한 활용도를 지닌다. 보통 일반 오크들의 가죽은 한 겹 반 정도 된다. 그레이 오크는 두 겹 반이다.

엘리트 오크는 네 겹이다. 네 겹이면 오우거만큼이나 질기다는 이야기다. 그래서 엘리트 오크다. 엘리트 오크는 극소수다.

가죽의 겹 수를 따지고자 하는 이유는 바로 몬스터의 부산물이 방어구에 가장 많이 활용되기 때문이다.

방어구는 튼튼할수록 좋다. 생명과 직결되기 때문이다.

오우거 가죽으로 만든 방어구는 비싸다. 용병들이나 가난한 영지의 기사들은 언감생심 꿈도 못 꿀 그런 가격이다.

그래서 오크 가죽을 선호한다. 하지만 오크 가죽은 너무 가볍고 쉽게 찢어진다. 해서 대부분의 용병이나 기사들은 플레이트 메일 안에 받쳐 입는 방어구를 대부분 그레이 오크 가죽으로 만들어진 것으로 택한다.

그러한 이유 때문에 메이플라이 산에서 그레이 오크를 잡는다. 다른 몬스터 역시 다르지 않다. 그만큼 메이플라이 산의 몬스터는 특출 나고 돈이 되었다.

"이번에는 트롤이다!"

"다들 조심하도록. 그레이 오크가 아니니 각별히 신경 쓰도록 하고, 자리 잡고 대기!"

"명!"

그렇게 보름이 지난 후 트롤을 잡기 시작했다. 그레이 오크가 아무리 강하다고 해도 그레이 오크 다섯 마리가 무리 지어야 겨우 트롤과 대적할 수 있다. 하니 힘겹지 않을 수 없다.

트롤 다음에는 오우거이고, 오우거 다음에는 미노타우르스이다. 물론 오우거와 미노타우르스를 잡을 때는 베르누크가 주도적으로 나섰다. 아무리 실력이 늘었다고는 하지만 아직까지 오우거와 미노타우르스는 위험했다.

"전방에 그레이 오크 부락이 있습니다."

"규모는?"

"300마리 정도입니다."

"하겠나?"

"명령만 내려주시기 바랍니다."

"자신 없으면 하지 않아도 좋다."

"명을!"

그렇게 지금 마지막으로 또 하나의 그레이 오크 부락을 전멸시켰다. 묘하게 자존심을 건드리는 영주의 말에 모두 눈에 불을 켜고 달려들었다.

그레이 오크 부락이 300이면 중규모다. 예전 같았으면 언감생심 꿈에도 못 꿀 일이다. 가죽을 벗기고 각종 부산물을 챙기고 있는 기사들이나 병사들이 희희낙락했다.

그들은 알고 있을 것이다. 늘어난 실력만큼이나 얻어가는 것이 많았고, 돌아가서 이번의 경험을 잘 살린다면 오매불망하던 걸음을 내디딜 수 있을지도 모른다.

'내가… 조금 더 발전할 수 있을까?'

그리고 그것을 깨닫자 영주에게 고마운 마음이 들었다. 처음 이곳 메이플라이 산을 접어들 때와는 천양지차로 달라진 기사들과 병사들의 마음이다.

'믿을 수 있을까?' 하는 생각에서 '과연 영주님' 으로 달라졌다.

그러한 마음은 결국 그들의 행동으로 나타나게 되었고, 지금은 완전하고 전폭적인 신뢰를 보내게 되었다.

베르누크가 처음 메이플라이 산으로 이들을 이끌고 들어왔을 때 알려주고자 한 것을 기사들과 병사들은 몸으로 체험하며 알아차릴 수 있었다.

그리고 어느 날 베르누크는 그들에게 말했다.

"안주하지 말고 치열하게 살아남아라. 치열하지 않으면 발전 역시 없다. 목숨을 걸고 치열하게 살아남아라. 하면 너희를 무시하는 자들은 없을 것이다."

단장인 베인 경을 제외한 네 명은 모두 용병 출신이다. 그리고 단장 이하 나머지는 평민 출신이다.

용병에 평민이 이 정도면 출세한 것이다. 그래서 어느새 그들은 안주하고 말았다. 현실에 타협하고, 귀족 행세를 하며 일방적인 사고가 굳어져 버렸다.

매 순간 치열하게 살아야 한다. 생사를 넘나드는 매 순간순간에도 최선을 다해야 한다. 최선을 다하지 않으면 밀려나고 더해서 목숨을 잃을 수도 있으니까 말이다.

베르누크는 이들의 실력을 향상시키는 것보다 먼저 마음의 자세가 중요하다고 생각했다.

지금에 이르기까지, 그 계기를 아주 작은 사소한 결심이었다.

크고 거창한 결심이 아니었다. 아주 작은 사소한 계기 덕에, 그리고 그 계기를 촉발하는 또 하나의 결심, 더해서 계기와 결심을 굳건하게 이어주는 주변 환경 덕택이다.

베르누크는 기사단과 병사들에게 그러한 계기를 마련해 주었다. 그리고 외치고 싶었다.

너희의 실력이 이 정도이다. 안주하지 말고 치열하게 살아

라. 돌아보아라. 얼마만큼 치열하게 살아왔는지.'

그것은 비단 기사나 병사들에게만 해당되는 것이 아니었다.

평범하게 사람답게 살아보자 했던 베르누크의 애초의 생각은 시간이 흐르며 많이 바뀌었다.

자신은 지금 이들에게 치열하게 살라고 주문하고 있다. 끊임없이 생각하고 발전하라고 주문하고 있다. 한데 정작 당사자인 자신은 그저 폼 나게 살 생각만 하고 있었다.

그리고 깨닫게 되었다, 자신 역시 변해야 함을. 가르치면서 배운다는 말이 정답일 성싶다. 저들을 가르침으로써 베르누크는 자신이 가야 할 방향을 잡게 되었다.

'과연 내가 이들을 위해 무엇을 해야 하는가?'

그것이 베르누크의 생각을 바뀌게 한 가장 큰 명제였다. 그러한 고민을 베르누크는 그날 밤 레너드에게 털어놓았다.

"내가 어떻게 해야 할까?"

"영지를 다스려야지."

"영지를 다스리기 위해서는 무엇이 필요할까?"

"자금."

"그리고?"

"인재."

"그리고?"

"음… 다음은 집사 아저씨한테 물어봐라."

레너드의 말에 피식 웃어버리는 베르누크였다. 자금과 인재만으로도 충분했다. 조금 더 다듬는 것은 집사 아저씨께 미뤄야 할 듯하다.

그렇게 자신이 나가야 할 방향을 정하게 되자 베르누크는 마음이 한결 가벼워졌다. 할 일이 생긴 것이다. 억지로 해야 할 일이 아닌 스스로 즐기면서 해야 할 일 말이다.

CHAPTER
05
가족

Knight King

베르누크는 금의환향했다.

중간에 들른 마을에서 빌린 열 대의 수레에 가득 몬스터 사체를 싣고 영주 성으로 돌아왔다.

그 스케일을 보고 가장 반기는 것은 역시 집사였다. 현재 아이젠 영지의 상황은 상당히 궁핍해서 허리띠를 졸라매도 쉽지 않은 판국이었기 때문이다.

목록을 살펴보는 집사의 얼굴이 잠시 경직되었다. 상상 이상의 결과였기 때문일 것이다.

집사는 한참 동안 목록을 유심히 바라보았다. 읽었던 페이지를 또 읽고 또 읽고.

아마 그냥 읽는 것은 아닐 것이다. 이것이 얼마의 돈이 되는지, 또는 어떻게 판매해야 되는지에 대한 계획을 잡고 있을지도 모른다. 어차피 지금 가장 중요하고 필요한 것은 자금이었으니 말이다.

"고생하셨습니다."

"고생은 무슨."

드디어 입을 열었다. 차를 마시고 있던 베르누크는 별일 아니라는 듯이 찻잔을 내리며 손을 저었다. 진짜 별일 아니라는 듯이 말이다. 그 모양이 칭찬을 더 해달라고 떼를 쓰는 어린아이 같다.

오랜만에 집사의 얼굴에 웃음이 떠올랐다. 베르누크에게 어렸을 적 동글동글했던 모습이 보인다. 베르누크의 나이 31세, 자신의 나이 51세.

많은 시간이 흘렀다. 과거의 베르누크는 없었다. 집사의 앞에 있는 자는 아이젠 가문을 일으켜 세우기 위해 안간힘을 쓰는 새로운 영주였다.

그런 모습이 대견스러웠다. 가끔은 뺀질거리는 것이 밉살스럽긴 하지만 그래도 살 때문에 숨도 제대로 못 쉬고 하루 종일 침대에서 벗어나질 못하던 예전가 비교하면 이건 완전 다른 사람이다.

"그리고 경매를 준비해 보세요."

"경매 말입니까?"

"사실 이것을 팔기 위해 용병을 고용할 수는 없잖아요. 그렇다고 저 귀하고 많은 물건을 옛 정이라고 상단에 다 몰아줄 수도 없고요."

"그렇긴 합니다만."

"그렇게 해요. 형이 운영했던 슈라이버 상단에는 미안한 일이지만 일단 우리가 살아야 하니까요. 그리고 경매 진행과 경매 대금의 30%를 준다고 해보세요. 알아서 준비해 줄 거예요."

일사천리로 말을 내뱉는 베르누크의 모습에 집사가 멍한 표정을 지었다. 너무나도 생경한 모습이다. 과거와는 다른 사람, 아니, 새로운 사람이 바로 자신의 앞에 앉아 말을 하고 있는 것 같았다.

"그리고 이거요."

"이게 뭡니까?"

"그동안 고생 많이 했잖아요."

집사의 자글자글한 눈매가 떨렸다. 베르누크가 메이플라이 산으로 사냥을 다녀오고 나서 집사의 매서운 잔소리를 피하기 위해 준비한 회심의 선물이다.

집사의 눈이 고정된 곳. 그곳에는 마법서가 있었다.

정확히 3서클 입문서와 함께 풍 속성의 마법, 그리고 그 옆에는 4서클 입문서와 수 속성 마법, 그 옆에는 5서클 입문서와 화 속성 마법까지.

게다가 4서클과 5서클까지. 완벽하게 구비하였다. 늙었어도, 나이 들었어도, 한낱 기울어가는 남작가의 집사로 평생을 지내왔어도 마법에 대한 열정이 식은 것은 절대 아니다.

아니, 오히려 평생을 미루고 염원했기에 더욱더 갈증이 심했다. 3서클까지는 깨달음의 문제가 아니다. 마나의 양이 문제일 뿐.

물론 그렇다고 해서 아무렇게나 마나의 양을 늘리고, 가슴에 서클을 형성할 수는 없다. 거기에는 마법에 대한 통찰과 마나에 대한 이해, 그리고 정신적인 성숙이 가미되어야만 한다.

그것을 준비해 주는 것이 바로 입문서이다. 길을 열어주는 것이다. 길이 없이 그저 벽만 있는데 앞으로 나가기는 힘들다. 부수고 갈 수도 있겠으나 세상에 마법적인 상승을 위해 벽을 부수고 정상적인 길에 도달한 사람이 몇이나 있을까?

스승이 없으면 갈 수가 없고, 간다 해도 너무나도 힘든 것이 마법사이다. 그런데 그런 스승을 대신할 수 있는 입문서와 마법 서적이다.

이리 치이고 저리 치이다 보니 마법을 수련할 시간이 부족했다. 당장에 먹고살 일이 걱정이었으니 말이다. 그러하기에 마법에 대한 열정이 더욱더 불타올랐다. 지금도 마법에 대한 생각만으로도 몸이 달아오를 지경이다.

순간 집사의 자글자글한 눈가에 뿌연 습막이 퍼졌다. 늙어서 탄력을 잃은 손이 5서클까지의 입문서와 마법 서적을 쓰다듬었다. 마치 오랫동안 보지 못한 손자를 어루만지듯이 말이다.

"제… 가 이것을 받아도 되는지요. 일족에게만 허락된 것을."

집사는 단박에 사정을 꿰뚫었다. 베르누크가 산 것이 아니라 가문의 비고에 있는 것을 들고 나온 것이라는 것을 말이다.

가문의 비고. 그곳은 직계 혈족의 피로만 작동한다. 가주에게만 내려오는 인장과 그 인장에 새겨진 가주의 피로 말이다.

해서 지난 시간 가문의 비고는 열리지 않았다. 형은 죽었고, 아버지는 일찌감치 치매를 앓다 돌아가셨으니 말이다.

"집사가 그것을 못 받으면 세상에 그것을 받을 사람은 없다고 봐야지. 그리고 집사는 남이 아니지요. 안 그래요, 아저씨?"

아저씨라는 말. 그것은 어릴 적 베르누크가 종종 집사를 불렸던 호칭이다. 베르누크의 마지막 말에 집사의 얼굴이 풀렸다. 참으로 오랜만에 들어보는 호칭이었기 때문이다.

"고, 고맙다는 말은 하지 않겠습니다."

"그래요. 하지 마세요. 그 말은 내가 해야 할 말이니까요. 그리고 아직 할 일이 많아요. 젊어지셔야지요."

"헛, 허허허! 제가 무슨 복이 있어서 말년에 이런 귀중한 선물을 받는지 모르겠습니다."

"어머님의 선물이자 저의 선물이고 가문의 선물입니다."

"알겠습니다."

"아! 그리고 아저씨, 한 가지 물어볼 것이 있어요."

조심스럽게 마법 서적을 챙기려던 집사가 행동을 멈추고 진중하게 베르누크를 바라보며 말했다.

"듣겠습니다."

"그동안 많이 생각해 봤어요. 메이플라이 산에 들어가 기사들과 병사들을 담금질하면서요."

베르누크가 무슨 말을 할지 조금은 짐작한 집사다. 하지만 그는 베르누크의 말이 끝나기를 기다렸다.

"불현듯 내가 저들을 위해 무엇을 해야 할까 하는 생각이 들더군요. 그래서 레너드에게 물었어요. 내가 뭘 어떻게 해야 할까 하고요. 그랬더니 레너드가 말하더군요. 영지를 다스려야 하고, 재정을 확충하고, 인재를 거두어야 한다고요. 그다음에 또 뭐가 있냐고 물으니 아저씨께 물어보라고 하더라구요. 그다음에는 또 뭐가 있을까요?"

그렇게 묻는 베르누크의 얼굴을 심유한 표정으로 바라보는 집사였다. 그리고 이윽고 진중한 목소리로 물어왔다.

"갑자기 왜 그런 생각을 하셨습니까? 공자님은 아버님과 어머님, 그리고 형님의 묘를 방문 했을 때 이미 영주님임을 스스로 알고 계셨습니다."

"물론 제가 영주가 되었다는 것은 어머니께서 돌아가셨다는 말을 들었을 때 알았죠. 하지만 영주의 진정한 의미를 알지 못했어요. 영주가 무엇인지, 또한 무엇을 해야 하는지 말이지요. 그런데 메이플라이 산에서 그들이 하는 양을 보고 자연스럽게 깨닫게 되었어요. 바보같이 조금 늦게 깨달았지만 영주의 진정한 의미를 알았어요. 중요한 것은 내가 영주의 진정한 의미를 안 것으로 끝내고 싶지 않다는 거예요."

베르누크의 말에 보기 드물게 활짝 웃는 집사였다. 그의 눈에 베르누크가 더없이 믿음직스럽게 보였다.

"무엇이 우선이라는 것은 없습니다. 영지의 운영에 있어서 모든 것이 동시다발적으로 이루어지기 때문입니다. 하지만 가장 시급한 것은 역시 재정의 확보입니다. 재정이 확보되면 영주님께서 하시고자 하는 모든 것을 이루실 수 있을 것입니다. 인재의 확보와 병력의 증가, 기사의 증가와 풍요로운 영지까지 말입니다. 중요한 것은 언제나 태만하지 말아야 한다는 것입니다. 이 정도면 되겠지 하고 만족하면 영주님께서 바라는 영지는 없을 것입니다."

그 말에 고개를 끄덕이는 베르누크였다.

"고마워요. 많은 도움이 되었네요."

"그렇다면 다행입니다. 그럼 전 이만."

집사는 조심스럽게 서적을 거두고 예를 취한 후 집무실을 나갔다. 베르누크는 비로소 얼굴에 웃음을 띠었다.

이래저래 오늘은 기분이 좋았다. 가문을 위해 희생만 해오던 집사에게 무엇인가를 해줬다는 뿌듯함과 또한 자신의 길이 확실하게 정해졌다는 것에서 말이다.

아마도 한 달 이내에 집사는 자신이 지시했던 모든 것을 완료할 것이다. 아니, 지금 집사의 마음가짐이면 보름도 길었다.

그리고 그 짧은 시간에 집사는 마법까지 익힐 것이다. 그토록 오매불망하던 마법서이니 당연했다. 아마 잠자는 시간까지 아껴가며 마법에 대한 열정을 불태울 것이다.

집사에게 마법서를 준 것은 결코 우연이 아니다. 계획적인 것이라 할 수 있었다. 바로 메이플라이 산에서의 깨달음에 기인한 것이다.

이런저런 생각에 즐거워진 베르누크는 크게 기지개를 켜

고 연무장으로 걸음을 옮겼다.

베르누크가 연무장에 도착하자 후끈한 열기가 전해졌다. 이미 메이플라이 산에서 질리도록 전투를 벌였던 다섯 명의 기사다. 그들은 베르누크가 말을 하지 않아도 무엇을 해야 하는지 알고 있었다.

'이제는 기사들 차례인가?

베르누크가 기사들의 연무장에 들른 이유가 있었다. 일단 마법사는 되었다. 시간이 얼마나 걸릴지 모르지만 말이다. 그리고 이제 기사들 차례였다.

"이백스물하나, 이백스물둘, 이백스물셋! 후우!"

"스물일곱 개 남았다."

"조금 줄여주면 안 됩니까?"

"죽고 싶냐?'

"예, 예~ 합니다, 해요."

바실리코프 경은 팔굽혀 펴기를 하고 있었다. 그것도 헤르메스 경을 등에 업고 말이다. 아마 이백오십 개쯤이 바실리코프 경이 해야 할 목표인 듯싶었다.

베르누크의 시선이 또 돌아갔다.

그곳에서는 헤르메스 경이 대충 40킬로그램쯤 되어 보이는 육중한 돌을 짧은 가죽 끈으로 묶어 양손에 들고 들어 올렸다 내렸다를 반복하고 있었다.

"후읍! 후우~ 마흔하나."

"흐읍! 후우~ 마흔둘."

기사들이 훈련하는 모습에 작게 고개를 끄덕인 베르누크는 말없이 자신이 입고 있던 옷을 벗었다.

잘 단련된 몸이 드러났다. 과거와는 전혀 다른 모습. 완벽하게 단련된 모습이다.

연무장의 한쪽 편으로 가서 우선 목 운동을 시작으로 어깨 운동, 팔 운동, 가슴 운동, 허리 운동, 무릎 운동, 다리 운동으로 준비운동을 마무리 짓고, 가볍게 발목과 팔목 등 각종 관절을 풀어주었다.

영주가 연무장 한쪽 편에 나와서 옷을 벗고 운동을 하자 당연히 기사들의 시선이 베르누크에게 쏠렸다.

베르누크는 영주다. 물론 검을 들었으니 검사이기도 하다.

하지만 기본적으로 귀족이다. 검을 든 귀족은 따로 연무장에 잘 나오지 않는다. 그저 자신만의 연무장을 가지고 그곳에서 홀로 검을 연마한다. 해서 영주가 연무하는 것을 본다는 것은 극히 드물다.

"멋지군."

"어떻게 저런 근육을 만들 수 있죠?"

"그런데 저게 준비운동입니까?"

"그런 것 같군."

“으음. 상당히 체계적이라는 느낌이 듭니다.”

기사들이 베르누크의 준비운동을 보고 하던 운동을 멈추고 관심 있게 지켜보았다. 베르누크가 원하는 상황이다.

베르누크는 지금 땀을 뻘뻘 흘리며 하고 있는 것은 21C 대한민국 군대를 다녀온 남자라면 다 아는 그 지옥 같은 PT체조다.

책을 통해 전해 받은 기억 속에는 이 세계와는 다른, ‘지구’라고 불리는 세계의 기억 또한 있었다. 이 PT체조가 바로 그 기억 속에서 본 것이었다.

어떻게 PT가 체조되었는지 알다가도 모를 일이지만, 이 무지막지한 체조를 소화해 내는 21C 대한민국 군인이 정말 괴물같이 느껴졌었다.

여하튼 베르누크의 그러한 생각을 아는지 모르는지, 땀을 뻘뻘 흘리며 PT체조를 실시하는 베르누크의 새로운 단련법을 기사들은 상당히 흥미롭게 지켜보고 있었다. 그럴 수밖에 없을 것이다.

“으음. 대, 대단하군.”

레너드가 베르누크가 행하는 PT체조를 보며 침음을 삼키면서 나직하게 뇌까렸다. 그것은 비단 레너드뿐만 아니었다.

“신체의 모든 근육과 관절을 이용하고 있습니다.”

“오오~ 저런 방법이 있었다니!”

"꿀꺽!"

그러한 기사들의 눈에 존경해 마지않는 영주님의 단련법은 그야말로 체계적이기 이를 데 없었다. 전신의 근육을 고루 사용하면서 적당한 강도를 유지한 가장 효율적인 체조였다.

물론 그냥 보기에 그렇다는 것이다. 그들이 베르누크의 속내를 알 리 없으니 당연했다. 아마도 이 체조가 다 끝나면 선망의 눈초리로 자신을 바라보며 제발 가르쳐 달라고 애걸복걸할 것이다.

그러면 몇 번 사양하다가 어쩔 수 없이 가르쳐 준다. 그리고 한 보름 굴린다. 워낙 체력이 좋고 단단한 기사들이라 금방 따라 할 것이고, 지금의 자신이 느낀 감정을 그대로 느낄 것이다.

사람이란 대저 느끼면 행하게 되어 있다. 그 행함이 어디로 가겠는가? 내리사랑이라 했다. 당연히 병사들에게 가고, 경비대에게 갈 것이다. 자신은 그냥 모른 체하면 된다.

그런 시커먼 속셈을 가진 베르누크는 그 어느 때보다 더 열심히 체조를 실시했다. 벌써 두 번째로 접어든 그의 동체는 가을의 뙤약볕에 땀까지 곁들여져 번들번들했다.

"하~"

"허!"

탄성이 나왔다. 같은 남자가 보더라도 너무나 잘 단련된 육체이니 당연하다 할 것이다. 탄성은 곧 열의다. 나도 저렇게 되고 싶다는 열의. 지금 기사들은 손과 발이 근질거렸다.

당장에라도 따라 하고 싶은 마음이 굴뚝같다는 것이다. 하지만 차마 그러지 못했다. 저건 딱 봐도 너무나도 체계적인 것이 비전이다.

비전.

비록 아무렇지도 않게 기사들 앞에서 행하고 있지만 여느 까칠한 귀족이라면 당장 뜨겁게 바라보는 자신들의 눈을 파 버리고 말 비전 말이다.

"후우~"

이윽고 체조를 근 한 시간여에 걸쳐 완벽하게 마친 베르누크는 연무장 한쪽 편에 있는, 자신의 할버드보다 더 무거운 연습용 할버드가 거치되어 있는 곳으로 향했다.

몸을 풀었으니 이제 본격적으로 수련을 할 작정이었기 때문이다.

그때 기사단장인 베인 경의 눈이 빛났다. 벌써 한 시간째 움찔거리고 있었는데 연무를 시작하면 대체 얼마를 기다려야 할지 몰랐기 때문이다.

"저… 영주님!"

"음? 아, 베인 경, 무슨 할 말이 있는가?"

"아니… 그… 저……."

"할 말 있으면 해보게. 웃차!"

베르누크는 이미 이 죽일 놈의 불알친구가 무슨 말을 할지 알고 있었다. 모르는 척하고 있지만 이미 레너드 이놈하고 나머지 기사 네 명의 따끔거릴 정도의 시선을 느끼고 있으니 말이다.

"할 말 없는가? 난 아직 연무가 남아서 말이네."

"가르쳐 주십시오!"

털썩!

마치 허물어지듯 무릎을 꿇는 베인 경이다. 마음이 급하니 평소에는 간지러워서, 혹은 자존심 상해서 하지 않을 일을 스스럼없이 저지르고 있었다.

이미 메이플라이 산에서부터 베르누크에게 가르침을 받고 있는 중이지만, 눈앞에서 직접 확인한 가문의 비전은 베인 경으로 하여금 스스로 무릎을 꿇게 만들었다. 가문 비전을 베르누크보다 잘 안다고 생각하고 있었지만 그것이 틀렸음을 알게 된 것이다.

털썩! 털썩!

그와 함께 네 명의 기사 역시 무릎을 꿇고 고개를 숙였다. 이 모양을 보고 슬쩍 괴기스러운 웃음을 짓는 베르누크였다. 하지만 나타날 때보다 빠르게 사라졌다. 지금은 아주 근엄해야 할 시기다.

'으흐흐흐. 아참, 침착! 침착! 후르릅!'

베르누크는 속으로 침까지 흘리며 마음을 다잡았다.

자신의 생각대로이다. 일단 여기까지 하면 영지의 무력은 완성된다. 병력은 차근차근 늘리면 된다.

경비대도 흡수하고, 알음알음 아는 사람들을 꾀이면 충분히 가능하다. 그전에 먼저 자금이 있어야 가능하기에 조금 미룰 뿐.

그리고 상단 하나 꾀이고 여기저기 떠돌아다니는 집시들도 좀 모으고 하면, 베르누크가 구상 중인 영지 발전 5개년 계획은 충분히 그 씨앗을 뿌릴 수 있을 것이다.

그 시작이 바로 무력이다. 일단은 있는 놈의 실력을 늘리고, 지키고, 단단하게 만들면서 하나씩 풀어 나가는 것이다. 시작이 어렵지 시작하면 저절로 굴러가기 시작하리라.

"가문의 비전이라는 것을 알고 있겠지?"

"물론입니다."

"하면 지금 경들이 나에게 하는 요구하는 것이 얼마나 위험한 일인지도 알고 있겠군."

"……"

대답이 없었다.

지당한 말이었다. 가문의 비전이다. 비록 육체를 단련한다고는 하나 그 단련 속에는 필히 가문의 정화가 숨어 있을 것이다.

가문의 비전은 직계 혈족에게만 전승된다. 그것을 모르지 않기에 자신들이 얼마나 염치없는 일을 벌이는 것인지 아는 것이다.

물론 그 속에는 지난 한 달간의 몬스터 사냥에 대한 여운이 진하게 남아 있었다.

기묘하게 잡힐 듯 잡히지 않는 그런 것 말이다.

그런데 베르누크가 눈앞에서 그 기묘함의 단초를 제공하고 있다. 지난 한 달간의 몬스터 사냥과 지금 자신들이 본 광경에서 그들은 깨달은 것이다.

기본.

바로 기본으로 돌아가야 한다는 것을. 그리고 그 기본에 반드시 필요한 것이 바로 육체의 단련과 밸런스라는 것을.

"하지만!"

"……."

그 말에 다시 희망의 눈초리를 불사르는 기사들이었다. 베르누크의 뒷말을 기다리고 있음에 틀림없다.

"나는 경들에게 전수할 것이다. 기본 단련법은 물론 그대들의 장단점을 모두 보아줄 것이다."

기사들의 눈이 둥그렇게 홉떠졌다. 방금의 단련법은 물론이고 자신들의 장단점을 보아준다는 것은 실로 대단한 일이다.

여기 있는 이들은 모두 용병들이다. 대저 용병들이 마나 호흡법을 갖는다는 것은 평민이 귀족이 되는 것만큼이나 어렵다. 물론 어찌어찌해서 마나 호흡법을 얻는다 해도 그 마나 유저가 되는 것 역시 쉽지가 않다.

바로 마나 호흡법의 효율성과 함께 자신이 배운 것을 남에게 잘 알려주지 않는 용병이나 귀족들, 혹은 기사들의 폐쇄성 때문이다.

특히 용병들은 매일 매시가 사선 앞에 선 이들이다. 당연히 자신의 숨겨진 한 수에 의해 생사가 결정될 수도 있다. 그러하니 쉽게 자신의 깨달음을 알려주지 않는다. 그것은 스승도 없이 오로지 혼자서 가야만 한다는 것이다.

그러한 와중에 스스로 길을 개척해 마나 유저가 되어 익스퍼트 초급이나 중급, 혹은 상급에 이른다는 것은 진정 천재가 아니고서는 힘들다 할 것이다. 이들의 눈이 튀어나올 듯 동그래진 이유이다.

"그대들이 있었기에 가문이 존재하기도 했지만 그대들은 이미 나의 가족이기 때문이다."

"추웅!"

베르누크는 차마 손발이 오글거려서 내뱉지 못한 간지러움을 느끼면서도 내색하지 않고 외치는 만행을 저지르고야 말았다. 하지만 그 말이 떨어짐과 동시에 얻은 것은 다섯 명의 기사에게서 나오는 절대의 서약과 같은 외침이었다.

'돼, 됐다. 잠시의 오글거림을 참은 효과가 있구만. 난 참 말을 너무 잘해.'

속으로 자화자찬하는 베르누크였으나 외관으로 보기에 그는 근엄하기 이를 데 없는 아이젠 남작가의 당대 가주였다. 더구나 연습용 할버드를 옆에 끼고 서 있는 폼이 그야말로 대천사나 보일 법한 모습이었다.

"내일부터 지하 연무장을 개방할 것이다. 물론 정해놓은 시간 외에는 사용하지 못할 것이며, 그곳에서 방금 전의 단련을 시작할 것이다. 그리고 오후에는 개별적으로 면담이 있을 것이다."

"충!"

드넓은 연무장에 기사들의 목소리라 울려 퍼졌다. 기사들은 지금 감격하고 있었다. 가주가 피 한 방울 섞이지 않은 자신들에게 가문의 비전을 전하겠다고 한다. 그리고 가족이라는 말까지 했다.

기실 자신들이 여기 남은 것은 기사의 서약 때문이 아님을 스스로 잘 알고 있었다. 자신들은 반골이다. 물론 다른 용병들보다 조금 나은 실력이면서도 기사들과 어울리지 못한 그 괴팍한 성격도 한몫 단단히 했다고 봐도 된다.

하지만 결정적으로는 자신들을 받아주는 곳이 없기 때문

에 이곳에 남았다. 다른 곳보다는 약하지만 꼬박꼬박 나오는 급여에 대우 역시 기사이지 않은가? 용병 출신이라고, 평민 출신이라고 폄하하지도 않는다.

그냥 목에 힘 좀 주고 연무장에서 수련하면 그런대로 편하게 지낼 수 있었으니 당연했다. 한마디로 남고 싶어서 남은 것이 아니라 호구지책으로 남은 것이다.

그 모든 것을 알고 있었을 것이 분명함에도 자신들을 혈족으로서 대우를 하겠다는데 감동하지 않을 수 없잖은가? 언제 자신들이 이와 같은 대우를 받겠는가 말이다.

그들은 단박에 베르누크에게 넘어갔다. 베르누크의 마수에 걸려든 첫 수확물인 셈이다. 물론 이전에 집사가 있지만 집사는 진짜 가족 같은 아저씨니까 넘어가고, 이들은 아니지 않는가?

'이제 기사와 마법사는 되었고, 다음은 재정 확보인가? 철광석도 없고, 특산물도 없고, 하지만 몬스터는 많잖은가?'

그런 생각을 하고 조용하고 은근하게 기사들을 바라보는 베르누크였다. 훈련을 빙자한 재원확보에 성공한 것이다.

재원 확보를 생각하니 은근히 조카 생각이 났다.

집사에게 듣자 하니 조카가 상재가 밝아 열여섯 살부터 상인의 길로 들어서 제법 단단한 상단을 이끌고 있다고 한다.

그렇다면 가문의 상단을 맡겨도 될 듯싶었다. 아니, 원래의
주인에게 돌려준다는 것이 맞을 것이다.

'으흐흐흐, 이제 조카들도 좀 불러야겠구만.'

조카들에게까지 그 마수를 뻗칠 심산인 베르누크였다.

CHAPTER
06
인재 줍기

Knight King

　요즘 아이젠 남작가는 부산했다. 일 년에 한두 번 겨우 떠들썩하던 과거와는 사뭇 달라졌다.

　그 첫 번째로 게으르고 비만돼지라 불리던 남작가의 이공자가 가문을 이어받았다 물론 일공자가 불의의 사고로 단명했으니 어쩔 수 없이 이공자에게 계승되었다는 것을 모르는 이는 없었다.

　이공자의 정식 계승을 두고 이런저런 말이 있었으나 유야무야 묻혔다. 그럴 수밖에 없는 것이 일공자 슈라이버 아이젠이 상행을 하다 도적들에게 죽은 것에 대해서는 고 나타샤 카트로반 아이젠 남작 부인이 철저하게 조사하여 중앙과 주변 영지에 공표하였기 때문이었다.

때문에 새로운 영주로 인하여 약간의 불안함과 약간의 기대감이 공존하고 있었다.

"드디어 영지가 좀 안정이 되려나?"

"이제 영주님이 자리에 오르셨으니 그렇겠지."

"무슨 일이 일어나지 않으려나?"

"무슨 일?"

"아니, 그 왜 있잖아. 영주 계승 문제도 그렇고 말이지."

"쯧. 이 친구 이거. 또 그 없는 말 지어내는 병이 도졌군."

"아니, 뭐 그럴 수도 있다는 것이지."

"흰소리 말어. 자꾸 그러다 경을 칠라. 그리고 아닌 말로 큰조카가 작위 계승을 포기해서 그런 건 모두가 아는 소리고, 도적들에 의해 일공자께서 돌아가신 것도 사실이잖어. 이미 그 사실은 남작 부인께서 널리 공표한 사실이고 말이네."

매부리코를 가진 사내가 그렇게 말을 하자, 까치 머리를 한 사내 역시 매부리코를 가진 사내의 의견에 동조하면서 말을 이었다.

"자네. 분명히 말하는데 그런 입방정 다른 곳에서 떨지 말게. 그 입 때문에 크게 경을 칠 수 있으니 말이네."

"아, 뭐. 알겠네. 화 내지 말고 술이나 함세."

“험, 험. 그러지.”

둘째로, 방이 붙었다. 인재 등용의 방. 몇 개 되지도 않는 마을에 인재가 얼마나 있겠는가마는 그래도 해보지 않고는 모를 일이다. 아무리 벽촌의 남작 가문이라고는 하지만 숨어 있는 인재가 없을 리 없지 않은가?

셋째로, 이 궁벽한 벽촌에서 경매가 있다는 것이다. 해서 평소 1년에 한 번 볼까 말까 하는 상단과 용병들이 대거 유입되고 있었다. 그것은 평민들에게, 혹은 자유민들에게는 상당히 진귀한 구경거리였다.

넷째는, 별것 아니지만 이런 궁벽한 곳에는 그것마저도 소란스럽게 하는 일이 있었다. 바로 현 영주의 큰조카가 방문한다는 것이다.

아이젠 가문의 일공자였던 슈라이버 아이젠 공자의 아들인 제닝스 코넬리. 원래대로라면 제닝스 아이젠이 되었어야 할 큰조카. 하지만 지금은 외가의 성을 지니게 된 큰조카였다.

특히나 그는 상당한 재력을 가진 중견 상인으로 부상하고 있었다. 평민들은 모르지만 집사나 기사단장은 잘 아는 사실로, 애초에 가문과 재력 중 일공자는 재력을 택했던 탓이기도 했다.

때문에 가문이 이렇게 내리막길을 걷고 있는 것이기도 했

다. 평소 일공자가 아이젠 남작과는 상당히 껄끄러웠던 관계
로 남작이 살아 있을 적 의절을 할 정도의 사이라, 그러한 조
카들의 방문도 이곳에서는 대단한 이야깃거리를 제공했다.

물론 호사가들은 복수를 하기 위해 방문했다는 등 앞으로
의 어떤 큰 불화가 있을 것이라는 등 별의별 말이 많았지만
실제 일어난 일은 없었기에 단순한 소문으로 치부되었다.

그 만남은 영주 집무실에서 이루어졌다.

제닝스는 나름의 마음가짐을 하고 수하와 함께 집무실로
들어왔다. 그러나 책상에 앉아 있는 베르누크의 모습을 보자
마자 숨을 들이쉬며 놀랐다.

그가 기억하고 있던 모습과는 너무 다른, 거대한 돼지가 아
닌 탄탄하게 단련된 무인과 같은 베르누크가 그곳에 앉아 있
었기 때문이다. 이미 전해 들었지만 놀라운 변화였다.

"…삼촌?"

"많이 컸구나."

상당히 어색한 만남이라 할 수 있었다. 베르누크는 이제 다
큰 조카에게 상당히 미안했다. 원래대로라면 이놈이 영주의
자리에 있어야 했으니 말이다.

"할아버지와 할머니, 그리고 아버지는 뵈었더냐?"

"어머니와 함께 뵈었습니다."

"미안했다."

베르누크의 말에 살짝 눈을 잘게 떠는 큰조카다.

"…지금은 미안하지 않다는 것입니까?"

"지금도 미안하다."

"한데?"

"나와 거래를 하지 않겠느냐?"

"거래 말입니까?"

"그래, 거래다."

거래라는 말에 제닝스가 잠시 생각하는 듯한 표정을 지었다. 하지만 이내 고개를 끄덕였다. 아직은 작지만 그래도 자신은 상단주다.

곧 상인이라는 말이다. 그것도 꽤 이력이 난 상인. 그런 상인이 거래를 마다해서는 아니 될 것이다.

"듣겠습니다."

"아이젠 상단을 네가 맡아서 운영했으면 한다."

흠칫.

살짝 놀라는 제닝스였다. 아이젠 상단이 존재하다는 것은 안다. 원래 자신의 아버지가 운영하던 상단이었으니 말이다.

"제대로 운영조차 되지 않는 것으로 알고 있습니다만."

계산이 빠른 놈이었다. 어렸을 때도 그렇지만 영민한 머리가 천생 상단을 이끌 놈이다. 그런 생각을 한 베르누크는 희미하게 웃음 지었다.

“얼마 안 있어 사설 경매를 실시할 예정이다.”

“들었습니다.”

“운영과 함께 이익의 30%를 주마.”

“으음.”

제닝스가 낮게 신음했다. 실로 파격적인 제안이다. 운영을 한다면 보통 이익금의 3~5%가 적정한 보수였다. 그런데 30%라는 말에 신음이 절로 나왔다.

귀족가의 사설 경매는 아무리 못해도 몇 만 골드는 족히 그 이문이 남는 장사다. 거기에 3~5%라 해도 기천 골드라 할 수 있었다.

“조건이 너무 좋습니다.”

“과거의 너에 대한 미안함 때문이라고 해두자.”

그 말에 턱을 쓸던 제닝스가 다시 베르누크에게 물었다.

“저에게 원하시는 것이 있습니까?”

역시 영민한 자신의 조카이다. 베르누크는 고개를 끄덕이며 조카에게 말했다.

“가문으로 돌아오너라.”

“이미 버린 가문입니다.”

“네가 버렸다 해서 버릴 수 있는 것이 아니다. 피를 지운다 해서 그 피가 지워진다더냐? 나는 아직 너를 버리지 않았다. 너의 어머니 역시 버리지 않았다.”

베르누크의 말에 제닝스가 그의 눈동자를 똑바로 직시했다. 대충 어느 정도는 짐작하고 있었다. 하지만 이렇게 노골적으로 말을 하리라고는 생각지 못한 것이다.

"돌아온다면 무엇을 주시겠습니까?"

"이 땅을 주겠다."

"이 땅은 이미 삼촌의 땅입니다."

그 말에 베르누크가 희미하게 웃었다.

"지금은 그러하다."

"지금이라 함은……."

"앞으로는 달라질 것이다."

"으음."

제닝스가 침음성을 내뱉었다. 과거와는 전혀 다른 모습에 혼란을 겪고 있는 모습이다.

그의 기억은 어릴 적 기억일 것이다.

거대한 배 위에서 빨빨거리고 돌아다니던, 그리고 자신을 재미있게 해주던 그런 삼촌일 것이다. 하지만 지금은 너무나 달라져 있었다.

"나는 영지를 발전시킬 것이다. 자금도 확보하고, 인재도 모으고, 병력도 증강시켜서 잘 먹고 잘살 생각이다. 척박하지 않은 곳으로 영주성도 옮기고 말이다."

"으음."

역시 가타부타 말이 없고 나직한 신음성만 내뱉는 제닝스
였다. 그리고는 이내 말했다.

"생각할 시간을 주십시오."

"결정되면 말해다오."

잔뜩 인상을 쓰는 조카 놈을 보며 베르누크는 슬며시 웃음
지었다. 말은 안 했지만 형수님도 이놈도 그동안 가족을 그리
워했음을 느낀 때문이었다.

"쉬어라. 과거 내가 쓰던 트리플 킹 사이즈 침대를 양보하
마."

"감사합니다."

조카와 그 수행원을 두고 일어선 베르누크는 밖으로 나가
집사가 일하는 곳으로 향했다. 베르누크의 얼굴에는 득의만
만한 웃음이 떠올라 있었다. 또 한 건 올렸다는 웃음이다.

'으흐흐흐. 평생 코 꿰인 거다, 이놈아.'

베르누크는 알고 있었다. 자신의 큰조카 놈은 가족을 그리
워하고 있었음을 말이다. 아버지가 키웠던 상단을 아직도 기
억하고 있음을 알고 있었다.

형수 또한 마찬가지다. 형수는 외가로 돌아갔음에도 불구
하고 아이젠이라는 성을 버리지 않았다. 아들에게는 코넬리
라는 성을 주면서도 말이다.

그것은 잊지 않고 있다는 것을 의미했다. 언젠가는 돌아오

겠다는 것을 의미했다. 겉모습을 바꾼다고 그 속까지 바뀌지 않았음을 모를 리 없는 베르누크였다.

베르누크가 나간 뒤 조카는 소파에 몸을 묻고 고민하는 얼굴이 되었다.

그에 그의 옆에서 조용히 돌아가는 상황을 지켜보던 수행원이 조심스럽게 물었다.

"비록 별 활동은 없었다 하지만 아이젠 상단을 흡수한다면 당당히 탄탄한 중견 상단에 낄 수 있습니다."

"으음. 알고 있네."

"또한 조건이 너무나 좋습니다."

"그 또한 알고 있네."

"그리고 마지막으로 항상 상단주님께서 그리워하던 가족입니다. 어릴 적을 회상하실 때 빼놓지 않고 말씀하시는 삼촌이시고요."

"……."

말이 없는 제닝스를 보고 곁에서 수행하던 사내는 이내 입을 열었다.

"친구로서 말씀드려도 되겠습니까?"

"…그래."

"이젠 그만 아파해도 될 것 같다."

"하지만……."

"삼촌의 입장을 생각해 봐라. 내가 알기로는 너의 어머니나 너나 영주직에는 애초에 관심이 없었던 것으로 알고 있다. 그러하기에 과감히 포기하고 외가로 오지 않았냐."

"그렇지."

"삼촌은 네가 필요하다. 그리고 그 귀여워하던 너에게 미안하다는 말까지 하고 너의 입장을 생각해 거래라는 명분까지 만들어줬다."

"후우!"

"잘 생각해 봐라. 오히려 기회일 수도 있다."

대화는 거기서 그쳤다. 제닝스는 무언가 아련한 듯한 표정을 짓고 있다. 이해할 수 있다. 언제나 가족을 그리워하던 그였으니 말이다.

그러나 여전히 쉽게 결정을 내릴 수는 없는 일이라, 자신이 머무르는 방으로 돌아간 이후로도 고민은 지속되었다.

그러한 두 사람을 뒤로하고 베르누크는 지금 한창 병사를 모집하고 있는 연무장으로 가고 있었다.

연무장에는 집사와 함께 치안대장도 있었고 기사단장도 있었다. 새로이 병력을 충원하는 것인 만큼 상당히 중요한 행사였다. 그렇기에 집사도 경매장을 만들어야 하고 마법을 익힐 시간도 부족하건만 애써 시간을 내 연무장을 찾았다. 이미 자신이 해야 할 일이 무엇인지 그는 정확하게 인지하고 있었다.

특히나 집사와 기사단장의 눈빛은 매의 그것처럼 날카롭기 그지없었다.

실로 10년 만의 충원이다. 인재가 채일 정도는 아니지만 그래도 이번 기회에 충분히 인재를 뽑을 생각이다. 그러니 당연히 눈에 불을 켤 수밖에 없었다.

"제닝스가 가문으로 돌아오는 것에 대해 형수님께 말씀해 보셨습니까?"

집사에게 물어보는 베르누크였다.

"코넬리 공자님의 의견을 존중하겠다고 하시더군요."

집사의 말에 베르누크가 고개를 주억거렸다. 아마도 그럴 것이다. 베르누크가 가진 기억으로 형수님은 현명했으니 말이다.

"코넬리 공자님은 어찌할 것 같습니까?"

"아마 돌아올 것입니다. 그놈, 나를 무척 따랐거든요."

"하면 제 본 직업으로 돌아가도 되겠습니까?"

"아직은 아니지요. 아저씨는 할 일이 너무 많아요. 당장에 아저씨가 손을 떼면 가문이 무너질 지경인데요."

"물론 지금 당장은 아닙니다."

"알고 있어요. 천천히 준비하세요. 아저씨는 오래오래 살아서 제 손자까지 보아야 해요."

그렇게 말하곤 베르누크는 횡하니 자리를 떴다.

사내가 말하기는 좀 간지럽고 팔에 왕소름이 돋지만 베르누크가 남긴 말에 왠지 푸근함을 느낀 집사였다.

"그럴 것입니다, 영주님. 늙어서 벽에 똥칠할 때까지 살 겁니다. 허허허!"

집사는 하늘을 보았다.

기뻐서 웃는데 왜 눈물이 나는지 모를 일이다. 희한한 경험이다. 이 나이가 되어선 울 일이 없을 줄 알았다. 한데 아니다. 감정이라는 것이 다시 살아나는 듯, 딱딱한 심장이 다시 말랑말랑해진 듯했다.

*　　　*　　　*

베르누크는 목마르게 인재를 원했다. 하지만 인재를 구한다는 것은 절대 쉬운 일이 아니었다. 제닝스가 있던 상단을 통해 여기저기 수소문을 하고 초빙도 해보았지만 이런 벽촌까지 짐을 싸들고 찾아올 인재는 거의 없었다. 그나마 제닝스가 가문으로 돌아와 주기로 결정하여 조금 다행이었다.

베르누크는 끈질기게 인재를 찾았다. 그중에 베르누크의 호기심을 강력하게 자극하는 한 명이 있었다. 바로 10년 전 남부에서 변란을 일으키고 사라졌던 현자의 탑 탑주였다.

반란의 와중에 수많은 현자의 탑 소속 현자들이 죽어갔고,

반란이 제압된 이후로는 수많은 현자가 뿔뿔이 흩어져 제국의 구석구석으로 몸을 피했다.

그 가운데는 10년 전 반란을 일으켰던 주동자인 현자의 탑의 당대 수장이었던 칼라힐 클라우제비츠도 있었다. 하지만 아직까지도 그를 찾았다는 보고는 없었다.

그가 어디에 있는지 정확하게는 알 수 없었다. 하지만 그가 북부로 흘러들었으며, 그중 메이플라이 산 인접한 곳에서 그와 비슷한 인상착의를 한 이를 보았다는 증언이 베르누크의 귀에 들어왔다.

그 단순한 증언 하나에 베르누크는 홀로 메이플라이 산을 샅샅이 뒤졌다.

그리고 마침내 그자를 발견할 수 있었다.

아이젠 남작가의 북쪽, 메이플라이 산이 인접한 어느 야산 귀퉁이의 통나무집.

"이제 그만 오시지요."

"아직 확답을 못 들어서."

"끄응!"

"차 맛이 좋네."

"큼. 차는 많이 있으니 드시고 가십시오."

"시간은 많으니 뭐 그러지."

지금 스물아홉쯤 되어 보이는 사내와 실랑이 아닌 실랑이를 벌이고 있는 자는 바로 베르누크였다.

"대체 왜 이러시는 겁니까?"

"몰라서 물어?"

"그게 가당키나 한 말입니까?"

"가당치 않을 이유는 또 뭐고?"

"전 반역을 했던 사람입니다."

"알아."

"아직도 제 목에는 현상금이 무려 2,000골드나 걸려 있습니다."

"그것도 알아."

"그런데 왜?"

"필요하니까."

"제가 가면 영주님도 다치십니다."

"안 다쳐."

"도대체 그 무식한 자신감은 어디서 나오는 겁니까?"

"여기서."

이런 말도 안 되는 실랑이였다. 물론 당사자들에게는 실랑이가 아닐지도 모른다.

베르누크가 지금 자신의 눈앞에 있는 사내를 찾아온 게 벌써 오 일째다. 하루 빠짐없이 말이다. 영주라는 지위가 그리한가한 자리는 아닐진대 말이다.

지금 베르누크의 앞에서 무섭게 쏘아보고 있는 자의 이름은 칼라힐 클라우제비츠. 바로 현자의 탑을 이끄는 당대의 수장이다.

사건 개요를 간략하게 말하자면, 10년 전, 정확히 제국력 1029년에 남부의 곡창지대인 필레르모에서 평민들이 주축을 이루어 일으킨 난을 주도하고 이끈 자가 바로 카라힐 클라우제비츠다.

물론 결론적으로 그 난은 정확히 2년 만에 평정되었다. 하지만 그 난의 여파는 상당히 컸다. 10년이 지난 지금도 그 난의 여파로 제국의 전국이 크고 작은 난으로 점철되고 있으니 말이다.

그가 주창한 것은 바로 인본주의 사상이다. '사람 위에 사람 없고 사람 밑에 사람 없다'는 인본주의 사상 말이다. 이 시대의 위정자나 귀족들에게는 절대 있어서도 안 되고 생각해서도 안 되는 사상이었다.

덕분에 그 난이 진압된 이후로 현자의 탑은 주춧돌 하나 남김없이 완전히 자취를 감추고 말았다.

현자의 탑이란 한마디로 당대의 식자들이 모여 사회, 정치, 경제, 문화, 군사를 통틀어 폭넓고 깊이 있게 토론하여 그 올바른 방향을 제시하는 곳이라 할 수 있었다.

　때문에 현자의 탑 출신자들은 실제 정재계에 두루 걸쳐 있었으며, 특히 군사 부문에 있어서는 타의 추종을 불허할 정도였다.

　오죽했으면 반란을 진압했을 당시 그 가담 정도를 살펴 군부에 평생을 종사한다는 확약을 받고 그들에게 씌워진 반란의 죄목을 사해주기까지 했다.

　그 와중에 당대의 현자의 탑을 관장하는 탑 주인 칼라힐 클라우제비츠는 이곳 변방 중의 변방인 아이젠 남작가에 스며들었다. 그것도 그 무서운 메이플라이 산 바로 옆에 오두막을 짓고 말이다.

　"진짜 저를 등용하면 위험해지실 수 있습니다. 그리고 영주님은 귀족이지 않습니까? 인본주의 사상은 영주님과 맞지 않는 옷입니다. 포기하시길."

　"나 살 많이 뺐어. 웬만하면 다 맞아."

　"그 말이 아니지 않습니까?"

　"그리고 탁자 밑에서 손 떼. 그런 것으로 지금의 상황을 모면하기에는 너무 유치하지 않나?"

　만일에 대비해서 탁자 밑에 설치해 놓은 몇 개의 장치가 있었다. 그중 수면향과 연결된 줄을 잡아당기려다 부르르 손을 떤 칼라힐 클라우제비츠가 탁자 밑으로 했던 손을 얼른 위로 올렸다. 그와 동시에 그의 얼굴에 떠오른 표정은 갈등과 놀라움이었다.

“생각할 시간 없어.”

베르누크는 다그쳤다. 지금 그가 고민에 빠져 있다는 것을 알 수 있었다. 여기서 생각할 시간을 줄 필요는 없었다.

“끄응. 다 불러도 좋습니까?”

“다 오면 좋지.”

“영주님이 당할 수도 있습니다.”

“그건 내가 감당해야 할 일이지. 그리고 나도 노예나 뭐 이런 건 별로 탐탁찮아. 사람이 사람을 대하는 데 위가 있고 아래가 있다는 것도 말이야.”

베르누크의 머리에는 그의 것이 아닌 지식이 있다. 그 지식을 준 세계 중에는 이미 칼라힐이 주창하는 인본주의가 실현된 세계도 있었다.

“정말 그렇게 생각하십니까?”

“하지만 조직이라는 것은 최적의 능률과 효과를 봐야 하기에 어쩔 수 없이 직책이 있어야 한다고 생각하고.”

“그것은 당연한 겁니다. 그렇기 때문에 조직이니까 말입니다.”

“그럼 된 거잖아?”

“제 직책은 어떻게 되는 겁니까?”

“군사야.”

"그거 중요한 직책 아닙니까?"

"중요하지."

"그런데 왜?"

"주려면 다 벗고 주는 거야."

"허! 믿는다는 말보다 더 확실하군요."

칼라힐은 기가 막힌다는 듯 말했다. 그 태도에 베르누크는 이미 그가 넘어왔음을 직감했다.

"그래, 언제 올 거야?"

"정리 좀 하고 나면 며칠 걸리지 않겠습니까?"

"무슨 이 작은 오두막에 그렇게 정리할 게 많아? 나하고 같이 가. 소식은 가서 전하고."

"급하십니까?"

"알면서 그래?"

"알겠습니다."

"아! 그리고 영지에 가면 카림이라는 이름을 쓰도록 하지. 칼라힐이라는 이름, 언젠가는 찾아줄 터이니."

"이름은 어찌 되든 상관없습니다."

"그래? 그럼 앞으로 카림 클라우제비츠야."

결국 베르누크의 말에 두 손 두 발 다 들고 만 칼라힐 클라우제비츠였다. 번갯불에 콩 볶아 먹는 게 아니라 아예 번개를 쫓아다니면서 콩을 들이대고 있었다.

‘이 영주… 대체 뭐지?’

놀라운 행동력으로 결국 자신을 감화시킨 이 영주의 정체가 칼라힐은, 아니, 카림은 진심으로 궁금했다.

＊　　＊　　＊

이렇게 베르누크가 땅에 떨어진 이삭 줍듯이 인재를 줍고 있을 때 집사와 단장 역시 발 빠르게 움직이고 있었다.

“야, 이눔아, 정말 오랜만이다.”

“어? 네놈이 여긴 웬일이냐?”

“어라? 이놈 보게? 감히 남작가의 집사에게 이놈저놈 하다니?”

“헹! 난 자작이다, 이놈아! 흰소리 말고, 왜 왔어?”

“네놈 그 잘난 면상 보러.”

“웃기지 말고.”

“흠. 어쨌든 조용한 곳으로 좀 가자.”

“그래? 그러지, 뭐.”

실험실에서 한참 실험을 하다 말고 손을 탁탁 털며 일어나 밖으로 이동하는 자는 막시무스 스토리지라는 사내였다.

그는 현재 제국의 단승 자작이었으며, 아이젠 남작가의 집사 제레미 웹과는 오랜 친구 관계였다.

"근데 너 좀 변한 것 같다?"

"좀밖에 안 되냐? 좀 더 쓰지?"

"그래, 많이. 너… 설마?"

"클클. 그 설마가 맞을 게다."

"어떻게 된 일이냐?"

"목 탄다. 뭐 좀 마실 것이라도 내놔봐라."

"썩을. 기다려."

횅하니 밖으로 나가는 오랜 친우 막시무스 스토리지를 바라보는 제레미 웹의 눈에는 진한 감회가 서려 있었다. 다시는 못 볼 줄 알았다. 찾지 않으려 한 것이 아니라 미안해서 말이다.

"자! 처먹고 읊어봐라."

말은 걸걸했지만 그 속에 담긴 걱정스러운 안부는 제레미 웹의 마음 한쪽을 든든하게 해주었다. 그리고 포근했다. 오랜 친구란 그런 것이다. 보기만 해도 든든하고 왠지 모르게 웃음이 지어지는 것 말이다.

"급하기는. 나 3서클 마스터다."

"뭐?"

"3서클 마스터라고."

막시무스는 눈을 끔뻑거렸다. 3서클 마스터라는 말은 4서클 비기너라는 이야기다. 숙련자이며 티오리쿠스라는 말이다. 여느 왕국에 가면 왕실 마탑 부탑주의 자리고 제국으로 치면 남작이나 운 좋으면 자작이다.

무려 30년을 2서클에 머물던 녀석이다. 입문이 늦었으나 성장이 가장 빨랐던 놈이다. 성격도 화통하고 말이다. 하지만 평민이라는 것이 문제였다.

귀족이나 마법사는 항상 선민의식을 가지고 있었다. 마법사 중의 대부분이 귀족이다. 거의 99%라고 해도 과언이 아니다. 1%가 평민이다. 한마디로 1%의 괴물이 바로 평민 마법사다.

하지만 빛을 보지 못한다.

권력은 함부로 나누지 않는다. 명예와 금전 또한 그러하다. 잡으면 함부로 놓지 않는다. 그것이 권력이고 명예고 금전이다. 막시무스 역시 귀족이다. 물론 할아버지 대 때의 일이지만 겨우 한 대 걸친 혈통 덕에 조금이나마 빛을 볼 수 있었다.

"어떻게?"

"영주님이 이 늙은 몸에게 혈족 대우를 해주시더군."

"그런……."

계속 놀라는 막시무스였다. 친우인 제레미에게 놀란 것이 아닌 귀족인 영주에게 놀란 것이었다. 절대 놓지 않을 권력을 나눈 것이니까. 금력을 나눈 것이고 명예를 나눈 것이니까.

“아직 놀라긴 일러.”

“또 뭐?”

“우리 꿈!”

“우리 꿈?”

“그래, 우리 꿈!”

“30년이나 묵은 그 케케묵은 꿈?”

“클클. 어때?”

“가능하냐?”

“가능해.”

“어떻게?”

“영주님이 그 단초를 제공하시더군.”

“영주님이 단초를 제공했다? 자네 말로는 그저 별 볼 일 없는 그런 영주 같던데? 내 기억에 지금의 영주, 뚱뚱하고 결혼도 못했으며 귀족으로서의 기본 소양도 못 익힌 것으로 알고 있는데?”

“음, 뭐랄까, 자네가 한번 봤으면 하는데?”

“누굴? 자네 영주를?”

“그래.”

“한번 본다……. 자네에게 마법을 바탕으로 근접 전투도 할 수 있는 전투 마탑을 세우는 데 그 단초를 제공했다 하면 보긴 보아야겠군. 어떻게 그것이 가능한지 말이네.”

문득 막시무스는 호기심이 생겼다. 뭐가 저리 꼬장꼬장한 놈을 열렬한 신봉자로 만들었을까 하는 생각에 말이다.

자신이 아는 제레미 웹은 지극히 정도를 걷는 사람이었다.

칭찬이 박하기도 하지만 사람을 평하는 데 있어서 항상 여지를 남겨 그 됨됨이를 꼼꼼하게 살피는 사람이었다. 그래서 그의 사람 보는 눈은 매의 눈과 다르지 않았다.

지난 몇 년간 보지 못했지만 그때의 말과 지금의 말은 정말 많이 달랐다. 그때는 영주이기보다는 이공자일 뿐이었기 때문이기도 하지만 거의 말을 하지 않았다.

그리고 또 하나의 의문점은, 어떻게 아무것도 없이 3서클 마스터에 4서클 비기너가 되었느냐 하는 것이다. 마법서는 비싸다. 하지만 마법서가 있다 하더라도 쉽게 배울 수 있는 것이 아닌 것이 바로 마법이다.

한데 30년을 격하고 4서클 비기너가 되어서 나타난 오랜 친구. 눈치를 보니 황실에 보고조차 하지 않았다. 그것은 이미 가문의 마법사가 되기를 자청했다고 할 수 있었다.

"같이 가세나."

"정말 같이 가주겠나?"

"그러려고 날 보러 온 것 아닌가? 유일한 친구의 부탁을 거절할 만큼 각박한 놈은 아닐세."

"그리고 말이네."

"사람이 필요하지?"

"클클. 편하군."

"그건 일단 보고 나서 결정하도록 하지."

"틀림없이 만족할 것이네."

"그래? 그럼 위하여!"

"위하여!"

두 친우가 잔을 부딪쳤다.

＊　　　＊　　　＊

베르누크가 기어코 카림을 군사로 들이고, 집사 제레미가 친우 막시무스를 초빙한 다음에도 인재 등용은 멈추지 않았다.

마을의 방을 붙여 병사를 모으고 있긴 했지만, 지금 당장 움직일 수 있는 병력이 필요했다. 그러기 위해서 베르누크는 브룩하이머 경의 추천을 받아 용병단을 영지의 병력으로 들이기로 결정했다.

오늘이 바로 그 용병단의 면접이 있는 날이었다. 그런데,

'이건 뭐, 무슨 정상회담이야? 이게 무슨 면접시험 보는 거냐고!'

불만스러운 표정으로 집무실의 의자에 앉아 있는 베르누

크의 생각이다. 실제 그의 앞에는 마법사, 용병, 학자풍의 사
람들이 다수 앉아 있었다. 그리고 양옆으로는 집사와 단장이
있었고 카림도 있었다. 일개 용병단의 면접으로는 매우 구성
이 복잡하다.

"진정 기사로 들어오면 그러한 혜택을 줄 수 있소? 이래 보
여도 꽤 비싼데."

사방으로 뻗친 수염과 고리눈을 한, 꿈에서 볼까 두려울 정
도의 면상을 한 북슬북슬한 털을 가신 사내가 물었다. 그 물
음 속에는 참으로 많은 것을 내포하고 있었다.

그 의미란 검술을, 아니, 마나 호흡법과 그에 따른 단련법
을 개방할 수 있느냐는 것이다. 즉, 가문의 비법을 개방하느
냐는 것이다. 뭐, 애초에 그러한 조건이었으니 아까울 건 없
다.

문제는 저들이 완전히 베르누크의 사람이 되느냐 하는 것
이다. 또 하나는 그만한 자질과 실력이 되느냐이다.

물론 하이론 브룩하이머 경과 알고 지내던 사이이니 어느
정도 자질은 되겠지만, 베르누크가 알고 싶은 건 저 걸걸한
산도적 같은 놈의 인성이다.

"이름이?"

"아! 샤벨 타이거 용병단의 단장인 댄 클라크요."

대번에 얼굴이 굳어져 버린 베르누크였다.

짜증이 확 피어올랐다. 용병임에도 불구하고 귀족에게 하오체를 사용한다.

물론 그 가진 바 실력은 인정한다. 하지만 그 실력을 믿고 거만하게 구는 것은 용납할 수 없었다.

"믿지 못하겠거든 문을 열고 나가면 돼!"

"네?"

직설적이었다. 물론 댄 클라크라는 산도적에게 한 말이기는 하지만 꼭 한 명에게 국한된 것은 아니었다. 꼭 하고 싶은 말이기도 했다.

"솔직하게 이야기해서, 당신 말이지, 브룩하이머 경의 뒷배를 믿고 들어오려 하는 거 아닌가? 고작 쥐꼬리만 한 실력으로 귀족을 능멸하는가? 그 되지도 않는 실력을 믿고 그렇게 거만한 것이라면 필요 없다는 말이다."

"그게 무슨……."

산도적 같은 놈이 버럭 화를 내려 했다. 다른 이들도 당황하기는 마찬가지였다. 기껏 대우해 준다고 불러놓고 가란다.

그 당황스러움은 베르누크의 좌우에 서 있는 집사나 단장도 마찬가지다.

다만 새로 군사의 자리를 차고앉은 카림만 차분한 미소를 띠며 장내의 돌아가는 상황을 보고 있었다. 무언가 알 듯 모를 듯한 그런 표정을 짓고서.

여기 있는 모두가 즉시 전력감이다. 고양이 손이라도 빌려야 할 영주가 이렇게 나온다는 것은 한마디로 길들이기라는 말이다. 익스퍼트 중급에 이른 용병이라면 웬만한 귀족도 함부로 못하니까 말이다.

'이 양반, 생각보다 고단수네?'

하여간 지켜보면 될 것이다.

"간단히 이야기해서 말이지, 본 작이 대체 뭘 믿고 당신들을 채용해야 한다는 거지? 고작 한줄기 인연을 믿고? 그리고 인연을 믿고 가문의 비전을 공개하라? 내가 미쳤나? 댄 클라크라고 했지? 말해봐. 너 같으면 그렇게 하겠나? 너희가 가지고 있는 것은 고작 쥐꼬리만 한 실력이다. 그 실력이 과연 본 작에게 거만하고 한 가문이 비전을 보여달라 할 수 있는 자격이 되는가? 그리고 말이다, 내가 물로 보이나? 별 볼 일 없는 변방의 남작 가문이니까 귀족이 아닌 평민으로 보이나? 도대체 그 시건방진 자세는 어디에서 나오는 것인가?"

"죄, 죄송합니다, 영주님"

그 말은 댄 클라크라는 용병단장에게서 나온 것이 아니라 그를 데리고 온 하이론 브룩하이머 경으로부터 나온 것이었다. 그는 지금 안절부절못하고 있었다. 마치 죽을죄를 지은 양.

"브룩하이머 경, 데리고 나가."

“며, 명!”

“아, 아니, 이게…….”

“가세.”

굳어진 목소리로 자신의 오랜 친우를 재촉하는 브룩하이머 경이었다. 설마 친우가 이렇게 변했을 줄 몰랐다.

적어도 자신이 모시는 주군이라고 하면 이러지는 말아야 했다. 거만하지도 말고 시험하려 하지도 말았어야 한다는 말이다.

그것이 오히려 마스터를 노하게 했고, 자신 또한 많은 실망감을 느끼고 있었다.

베르누크의 그러한 냉랭한 태도와 오랜 친우인 하이론 못지않게 실망감을 절절히 느끼고 있는 것은 바로 댄 클라크였다.

자신 정도면 이런 벽촌의 남작가 단장쯤은 충분히 될 줄 알았다. 그리고 솔직히 남작 정도 되는 작위는 눈에 차지도 않았다. 얼마 안 있으면 상급도 바라볼 수 있으니까 말이다.

해서 시험을 해봤다. 얼마 정도 크기의 그릇인지 말이다. 물론 조금, 아주 조금은 나 이런 사람이니 알아서 대우 잘 해주라는 시위이기도 했다.

한데 아니었다.

용병 시절 죽이 잘 맞아 서로 친구하기로 하고 지금까지 친구로 지내는 놈이 영주로부터 검을 사사하고 있다고 해서 대수롭지 않게 여겼다.

제국 북부 벽촌의 영주가 검을 알면 얼마나 알겠는가? 검을 잘 아는 이가 이런 벽촌의 영주일 리는 없으니까 말이다.

물론 자신의 친구도 초급이니 중급 정도면 충분히 검술을 사사할 수는 있겠지만 보지 않고서는 모르는 일이다.

대충 그 정도로 생각하고 왔다. 충분히 먹혀들 것이라고는 생각했다.

그런데 씨알도 안 먹혔다. 오히려 다른 이들의 눈총까지 받고 문전박대당하고 말았다.

그리고 하나 더, 심장이 쿵쾅거릴 일은 바로 영주의 경지를 잴 수 없다는 것이었다.

친구가 검을 사사할 정도면 적어도 중급이나 상급 정도라 생각했다. 그렇다면 그는 자신의 마나 포스에 걸리면 영주든 자신이든 간에 어떤 파탄이 일어났어야 하는 것이 정상이다.

그런데 자신의 마나 포스에 걸리지 않았다. 마치 물에 솜이 빠진 듯 허우적거리다 정신을 차려보니 하이론이 자신을 끌고 나가고 있다.

하면 최소 상급이라는 말이다. 그렇다는 것은 알려진 것보다 훨씬 더 대단하다는 것을 의미했다. 게다가 거만했으며 귀족에게 하오체를 사용했다.

　귀족 모독죄로 즉참을 면한 것만으로도 천만다행이라 할 것이다.

　연무장까지 끌려나온 댄 클라크가 친우의 손을 급히 붙잡았다.

　"이, 이보게, 하이론."

　"난 할 말 없네."

　"아, 아니, 그게 아니고."

　"난 솔직히 실망했네. 세월이 흘렀음인가? 나의 마스터라 분명 말했었네. 한데 자네는 내 앞에서 나의 마스터를 모욕했네. 그 말은 나를 친구로 대하지 않는다는 것. 이후로 날 볼 생각은 말게. 친구로서 대하는 것은 영주성의 정문을 벗어나기 전까지만이네."

　"미, 미안하네. 그럴 의도는 전혀……."

　"듣기 싫네. 자네를 이렇게 만든 세월이 야속하고 자만심에 가득 차게 만든 세상이 무서울 뿐. 연무장을 돌아 쭈욱 나가면 되네. 그만 가겠네."

　"이, 이보게."

　불러도 소용없었다. 20년지기 친구를 단 한 번의 실수로 잃어버렸다. 그 매서운 눈초리가 심장에 와서 꽂혔다. 뒤늦은 후회가 밀려왔다. 돌이킬 수 없는 후회가 말이다.

댄 클라크가 퇴장한 후 베르누크는 집사가 데리고 온 이를 보고 깜짝 놀라고 말았다.

"흠. 막시무스 스토리지 자작께서는 어인 일로……."

"아! 저 친구가 본 작의 둘도 없는 오랜 친구입니다."

"오, 그렇습니까? 이야~ 우리 아저씨, 의외로 대단한 인맥을 가지고 계시네요?"

베르누크가 호들갑스럽게 반응했다. 그런 모습에 눈을 좁히며 바라보는 스토리지 자작이다. 분명 그의 친우 제레미는 이 가문의 집사로 있다고 했다. 한데 집사라 부르지 않고 친근하게 아저씨라 부르고 있다.

"저 친구와 저의 꿈! 이루어주실 수 있습니까?"

"그건 내가 이룰 것이 아니라 두 분께서 이루어야 하지 않을까요?"

"그렇군요. 대체 어떻게……?"

"혹시 고대의 서적을 많이 읽어보셨습니까?"

"고대의 서적이라 함은 환상시대의?"

"그런 셈이죠."

"하면… 그 말인즉슨?"

"고대의 서적에는 많은 내용이 들어 있죠."

"무슨 일을 하면 됩니까?"

"그건 아저씨와 상의해서 하세요. 아저씨의 목표가 무엇인지는 저도 아니까.”

“하!”

단박에 베르누크의 속뜻을 파악해 버리는 스토리지 자작
이었다.

고대의 서적. 그 한마디에 바로 결정을 내린 것이다. 냉철
함으로 무장한 마법사답지 않은 전격적인 결정이었다.

기실 그 내면을 보면 오히려 안달을 할 수밖에 없다. 베르
누크가 환상 시대의 서적을 가지고 있다는 의미가 되니까 말
이다.

환상 시대 중 신화인지 고대인지 아니면 마도인지는 중요
하지 않다. 환상 시대의 서적을 가지고 있고, 그 환상 시대의
서적을 읽어 내릴 수 있다는 것이 중요한 것이다.

마법사나 현자에게는 더없이 소중한 자료라고 할 수 있을
것이다.

“무조건 하겠습니다. 뭐든지 시켜만 주십시오.”

거기에 걸려든 것은 스토리지 자작만이 아니었다. 카림의
언질로 이곳을 찾아온 열 명의 현자들도 즉시 대답했다. 지식
에 대한 욕심은 마법사 못지않게 강한 이들이었으니.

“그대들은 카림 군사가 따로 배치할 것이네. 앞으로 잘 부
탁하네.”

간결하게 소속 배치를 마쳐 버린 베르누크였다.

"그리고 고대의 서적을 보고 싶다면 언제든지 말씀하시길. 내 서재는 항상 열려 있으니. 대출도 가능하니 걱정하지 말고 요."

"가, 감사합니다!"

"고, 고맙소."

현자와 마법사의 인사를 받으며 베르누크는 뿌듯하게 미소를 지어 보였다.

"자~ 그럼 여기서의 내 역할은 끝난 것 같고. 병사들을 뽑는 곳에나 가볼 테니 아저씨하고 카림이 나머지는 잘 처리해 줘."

"알겠습니다."

"명!"

베르누크는 레너드와 함께 회의장을 빠져나왔다.

기사의 연무장으로 향하는 길목.

그곳에 한 명의 사내가 고개를 숙인 채 무릎을 꿇고 있었다. 그리고 그 옆에는 착잡한 표정으로 한 명의 기사가 서 있었다.

"저거 뭐냐?"

"흠. 아까 그놈인 듯합니다."

"그래? 저거 치워. 길에다 누가 똥을 싸놨누."

"알겠습니다."

죽이 척척 맞는 베르누크와 그를 수행하는 레너드였다.

이미 베르누크의 속셈을 다 읽은 레너드였다. 괜히 불알친구겠는가? 레너드는 그 둘에게 걸어갔다.

"이게 뭔가?"

"아, 저, 그게……."

브룩하이머 경이 말을 더듬었다. 분명 단칼에 친구가 아니라고 단언하기는 했지만 그래도 성문을 나서지 않았다. 해서 이러지도 저러지도 못하고 있었다.

"죄송합니다. 제가 눈과 귀가 멀어 사람을 제대로 보지 못했습니다."

그 소리는 산도적 같은 댄 클라크의 음성이었다.

베르누크는 바로 이곳으로 오지 않았다. 레너드와 병력 수급에 관한 이런저런 이야기를 하느라고 차 한 잔 마시고 왔으니 말이다.

때문에 그는 적어도 이곳에서 두 시간 정도는 무릎 꿇고 버티고 있었을 것이다.

"넌 뭔가?"

"죄송합니다."

"필요 없다는데 왜 그래?"

"죄송합니다."

"뭐가 죄송한데?"

"……."

"말도 못하면서. 베인 경, 그리고 브룩하머 경, 가지."

"명!"

댄 클라크는 쳐다보지도 않고 베르누크는 그저 무심하게 지나쳐 버렸다. 레너드는 당연히 무감각했고, 브룩하이머 경은 자신의 마스터의 말에 충의로서 복종하고 있었다.

*　　　*　　　*

"흠! 저거 치우라고 안 했어? 벌써 며칠째야?"

연무장으로 가는 길목에 또다시 베르누크의 화난 음성이 울려 퍼졌다.

"사 일 후면 경매라고. 이제 슬슬 사람이 몰려들 텐데 냄새 나는 똥 덩어리를 저렇게 방치하고 있을 건가?"

하지만 기사들은 별달리 말을 하지 못했다.

댄 클라크가 벌써 오 일째 연무장 길목에 무릎을 꿇고 있다. 설사 마나를 다룬다 해도 물 한 모금 마시지 않고 오 일째면 한계 상황이다. 물 없이 삼 일이면 죽어 나가는 것이 사람이다.

그런데 오 일이라니. 기사들은 나름 그가 존경할 만하다고 생각하고 있었다.

하지만 그것만으로 자신들의 마스터에 대한 우를 감당하

기에는 어려웠다. 그리고 마스터가 왜 이러는지 슬쩍 내비친 단장 덕택에 충분히 인지하고 있기도 했고 말이다.

베르누크가 서서히 댄 클라크가 있는 곳으로 다가갔다.

"네놈! 고개를 들어라!"

베르누크의 말에 댄 클라크가 고개를 들었다. 얼굴에 소금 기가 다분했다. 입술은 쩍쩍 갈라지고 부르트고 있었다. 육체 적으로나 정신적으로나 한계에 달했음인지 몸이 가늘게 떨리 고 있었다.

하지만 그 어느 때보다 눈빛은 맑았다.

"멍청하고 미련한 놈! 처음부터 이랬으면 좀 좋아! 뭐해, 이 거 옮기지 않고?"

그렇게 말하고는 횡하니 가버리는 베르누크였다. 그 말을 곧바로 이해한 댄 클라크의 얼굴에 미소가 피어올랐다. 기사 들이 웃음을 띠며 댄 클라크에게로 다가가다가 흠칫 놀라 걸 음을 빨리하여 그를 붙잡았다.

힘과 긴장이 빠진 그가 스르르 옆으로 기울어지고 있던 것 이다.

쓰러진 그의 얼굴은 평온해 보였다. 갈라지고 부르튼 입술 은 묘하게 꼬리가 말려 올라가 있었다. 바로 미소라는 것일 게다.

CHAPTER
07
경매

Knight King

　걸출한 실력을 가진 댄 클라크라는 용병과 그를 따르는 용병을 대거 영입한 지 삼 일 후, 드디어 몬스터 부산물의 경매일이 찾아왔다.

　집사가 마련한 경매장은 상당히 고풍스러웠다. 군데군데 홈이 파인 곳이 보이기도 하지만 전체적으로 고풍스러우며 아담한 모습이었다.

　가을에서 겨울로 넘어가는 마지막 달인 12월.

　하루 전 비가 와서인지 여기저기가 질퍽하기도 했지만 건물로 들어가는 길은 돌을 깔아 잘 다듬어져 있어 주변의 전나무 숲과 상당히 잘 어울리는 풍광을 연출하고 있었다.

'집사가 일은 참 제대로 했네.'

베르누크는 느긋한 마음으로 주변의 풍광을 구경하며 건물이 있는 곳으로 걸어갔다.

거의 수십 년을 버려져 창고로만 사용되던 곳을 이번 기회에 한 달도 안 돼서 멋지고 고풍스러운 건물로 만들어놓은 집사의 능력에 대단히 만족하고 있었다.

"이곳은 처음이시지요?"

자신을 아이젠 남작가문의 기사단장으로서 수행하고 있는 레너드가 물어왔다.

"아마도……."

"이곳에 오면 왠지 마음이 푸근해집니다. 잠시 생각을 정리할 때 자주 애용하는 곳이기도 합니다."

"베인 경의 말대로 좋은 곳이로군요."

처음 가보는 곳 맞다. 평생을 자신의 트리플 킹 사이즈 침대에서 지냈으니 당연했다. 지금 그가 느긋하게 걷는 이유는 현재를 만끽하고 있는 중이기 때문이다.

과거의 어느 때, 자신이 살이 쪄 움직이지 못해 하지 못했던 것을 지금 베르누크는 만끽하고 있었다. 그에게는 소란스러움마저 즐겁게 느껴졌다.

그렇게 주변을 돌아보며 자신을 수행하는 베인 경과 함께 베르누크는 경매가 열리는 고풍스러운 건물 안으로 들어섰다.

건물 안에 들어서니 여기저기서 웅성거리는 소리가 들려왔다. 생각보다 많은 사람이 경매장에 입장해 있었다. 귀족들도 보이고 기사들도 보였다. 마법사들도 있었다.

"상당히 많은 사람이 몰려들었습니다."

"그렇군."

베르누크와 레너드는 나직이 그렇게 속삭였다. 이곳은 아무래도 많은 귀족과 상인이 있는 곳이다. 때문에 베르누크와 레너드는 평소처럼 허물없는 말투를 사용할 수 없었다. 장소가 장소인 만큼 속삭인다 하더라도 그 둘의 관계는 명확하게 영주와 기사일 수밖에 없었다.

"영주님의 체구가 대단하니 시선이 집중되는군요."

"체구가 큰 기사들이 어디 한둘이겠소. 여기 모인 분 중에 그러한 기사를 본 분들이 없으니 그랬으나 이내 시들해지겠지요."

"하기는 그렇습니다."

베르누크의 말은 정확했다. 경매에 참가한 자들은 베르누크의 신장보다는 오늘 치러질 사설 경매를 위해 모인 이들이기 때문이다.

기실 사설 경매라는 것이 귀족가에서는 종종 있다. 어떤 때

는 파티의 유흥을 위해 경매를 실시하기도 하고 때에 따라서
는 망한 귀족가의 재산을 경매하는 경우도 있고 말이다.

꼭 수도의 중앙 경매장만을 통해 모든 경매가 이루어지는
것은 아니라는 것이다. 이러한 사설 경매 같은 경우는 대체적
으로 귀족들의 특별한 사교의 장이 되기도 했다.

지금도 마찬가지다. 귀족이나 마법사, 혹은 상인들이 삼삼
오오 모여 스스로의 가진 정보를 교환하고 있었다. 이곳은 사
교의 장이라기보다는 정보 교환의 장이라는 것이 더 합당한
표현일 것이다.

베르누크는 귀에 마나를 집중했다. 아직 경매가 시작하려
면 한 시간 남짓 남은 상태. 이곳에서 첩보를 최대한 수집해
조각을 맞춘 다음 쓸 만한 정보로 가공해야만 했다.

지금 베르누크가 가지고 있는 정보는 전무하다고 할 수밖
에 없었다. 집사나 단장이 영지를 벗어나 봐야 얼마나 벗어나
겠는가? 때문에 들을 수 있는 정보가 제한적이고 정확하지 않
았다.

베르누크가 이런 사설 경매를 원한 이유도 바로 여기에 있
었다. 무엇을 알아야 행동을 할 것이 아닌가?

은인자중, 혹은 내실을 기한다는 좋은 말도 있지만 그래도
알아야 은인자중하든 말든 할 것이다.

정보를 구하는 좋은 방법으로, 그리고 가장 손쉬운 방법은

정보 길드를 이용하는 것이지만 문제는 돈이다. 돈이 없으니 이런 꼼수를 쓰는 것이다.

귀족이나 마법사라면 그들을 따라온 용병이나 기사, 혹은 상인이라면 상당한 고급 정보를 가지고 있을 것이 분명했다.

물론 이런 벽촌의 영지까지 오는 것 자체가 문제가 있긴 하지만 그래도 상당히 흥미가 동할 그런 경매였다.

바로 몬스터 사체와 부산물의 경매.

그리고 초미의 관심사는 바로 몬스터에서 희귀하게 추출되는 마정석일 것이다. 상위 몬스터일수록 큰 마정석이 추출되는데 마나석이 워낙 비싸다 보니 품질이 낮은 마정석도 가격이 덩달아 뛰어오르고 있는 실정이었다.

그런데 마정석도 경매 물품으로 나와 있다. 그러니 그리 많은 곳에 알리지는 않았지만 오랜만에 열리는 꽤 알찬 경매가 될 가능성이 높다 보니 사람이 몰려든 것이다.

홀을 둘러보던 베르누크의 눈에 세 명 정도의 인물이 눈에 띄었다. 눈에 띄었다기보다는 그 세 명이 거의 독보적이라 해도 과언이 아닐 것이다. 그들은 다른 이들과 확연히 달랐다.

"저기 하얀색 로브를 입은 자가 어디 소속인지 알겠소?"

"아마도 제국 소속의 불의 마탑에서 나온 분일 것입니다. 그의 로브 소맷자락을 보면 검붉은 색의 불꽃 표시가 있을 것입니다."

베르누크가 가리킨 자는 눈처럼 하얀색 로브를 입고 있었다. 로브의 모자를 깊숙이 뒤집어써 얼굴은 알 수 없지만 그자가 마법사라는 것은 분명히 알 수 있었다.

회색의 로브 소맷자락에 그려진 검붉은 색의 불꽃 표시.

바로 황실 마탑을 제외하고 제국에 존재하는 사대마탑 중 하나라는 표시다. 제국의 사대마탑은 물, 불, 바람, 대지의 마탑을 일컬음이며, 황실 마탑을 포함하여 제국 무력의 근간을 이루는 팬타그램의 한 축을 이루는 마탑이다.

팬타그램의 한 축을 담당하는 마탑이 이곳에 왔다는 것은 상당히 중요한 일이었다. 웬만해서는 그들이 움직이는 일은 없다. 한데도 이런 벽촌의 사설 경매장에까지 나타났다는 것은 제국에 어떠한 상황이 발생했다고 봐도 무방할 것이다.

보통 그들은 직접 움직이지 않고 하부 조직이나 대리인을 고용한다. 직접적으로 드러나는 일이 없다는 것이다. 그런데 저들이 직접 챙기는 것을 보면 그만큼 이 경매를 기대하고 있다고 봐도 무방할 것이다.

"그럼 저기 저 노회한 귀족은?"

"음. 수행하는 기사의 엠블럼을 봐서는 동부의 밀리예프 후작가의 가주일 가능성이 높습니다. 우측의 청색과 황금색으로 그려진 검과 방패는 가문의 엠블럼이고 좌측의 그리폰은 기사단의 엠블럼입니다."

다음 베르누크가 지명한 이는 한 명의 노귀족이었다. 175센티미터 정도의 적당한 키에 다부진 체격에 각진 얼굴, 날카로운 눈매를 가진 노귀족. 그의 옆에는 185센티미터 정도의 키에 풀 플레이트 메일을 걸치고 헬름을 옆에 낀 기사가 있었다.

'왜지? 왜 이곳까지 온 것이지? 동부에도 몬스터가 없지 않은데 말이지.'

"조금은 의심스럽군."

"이상하기는 합니다. 동부에 몬스터가 없을 리도 없고 말입니다. 밀리예프 후작 가문 정도라면 아무리 구하기 힘든 마정석이라 해도 쉬이 구할 수 있을 터인데."

물론 확실히 여타 지역보다는 이곳의 몬스터들이 억세다. 그것도 두 배 이상으로 말이다. 해서 마정석의 질이나 몬스터 부산물의 질이 월등히 뛰어난 것은 사실이다.

"이해할 수 없군."

"아마 몬스터 부산물의 수요가 많이 줄었기 때문일 것입니다. 게다가 들리는 풍문으로는 남부의 사정이 많이 안 좋다고 합니다."

"그래, 그렇단 말이지."

베르누크는 레너드의 불확실한 말에도 고개를 끄덕이며 생각에 잠겼다. 불확실하지만 확실히 저들이 이곳까지 올 정도면 그것은 불확실한 것만은 아닐 것이다.

하지만 조금 골치가 아팠다. 후작 가문이 작은 것도 아니고 대저 후작이 직접 움직일 만한 일이 대체 얼마나 있을까? 그것도 기사를 옆에 끼고 말이다.

그러하니 영민하지는 않지만 나름 잔머리가 돌아가는 베르누크의 판단은 결국 무언가 일어나고 있다는 것으로 판단할 수밖에 없었다.

'떡을. 이러면 곤란한데. 아무것도 없는데 무슨 일이 일어나면……'

살짝 이마에 주름을 잡으며 밀리예프 후작과 그가 대동한 기사를 바라보다 아무리 생각해도 답이 안 나온다는 듯이 고개를 저었다.

그리고 베르누크의 시선에는 그 둘과 또 다르게 시선을 잡아끄는 자가 있었다. 상쾌한 느낌이 들 정도로 잘생겼다. 그를 바라보는 베르누크의 얼굴에 질투의 감정이 묻어날 정도로 말이다.

그자의 정체는 짐작할 수조차 없었다. 젊지도 늙지도 않았다. 잘생겼다기보다는 아름답다 해야 할 얼굴이다. 분명한 것은 남자라는 것이고, 거만한 표정에 권태로움이 묻어나 있다는 것이다.

하지만 베르누크의 식스 센스에 걸리는 그의 내면은 인간의 그것이 아니었다. 광포하고도 차가운 기운, 감히 범접할 수 없는 그런 기운이다.

베르누크의 눈이 가늘어졌다.

'이런 젠장. 이 더러운 기분은 대체 뭐지? 저 종자는 대체 뭐하는 종자여? 잊히려면 계속 잊힌 채 있을 것이지.'

베르누크는 속으로만 투덜거렸다. 설마, 하는 생각도 해봤지만, 그럴수록 육감은 더더욱 진해지기만 했다. 지금 시대가 어느 시댄데 그 '설마' 가 사실처럼 느껴지는 것인가. 자신의 이 대책 없는 머리를 망치로 두드리고 싶었다.

"아, 아, 많이 기다리셨습니다! 그럼 지금으로부터 정확히 10분 후 경매를 진행할 예정이오니 모두 착석해 주시기 바랍니다!"

그때 약간 높게 만들어진 단상에서 집사의 외침이 들려왔다. 경매 진행 딜러를 구하기 힘들어 아마 직접 경매 진행을 할 모양이다. 하지만 그마저도 잘 어울리는 집사였다.

"가장 먼저 그레이 오크의 가죽을 경매하도록 하겠습니다. 물량은 2만 장이며 천 장 단위로 경매에 올리겠습니다."

경매가 시작된다고 하자 경매장 안이 소란스러워졌다. 오랜만에 보는 질 좋은 물건이라 다들 흥분되는 모양이다.

"첫 번째 경매 물건인 그레이 오크의 가죽 1천 장. 품질 중급. 경매 시작가는 5,000골드이며, 10골드의 상승 폭을 가집니다.”

“5,000!”

“5,010!”

“5,020!”

경매가 시작되자마자 부리나케 경매 단위가 상승했다. 보통 1,000 골드 이상은 100골드 이상의 상승 폭을 지닌다. 하지만 여기는 사설 경매장. 10골드의 상승 폭은 오히려 지름신의 강림을 불러오고 있었다.

“5,120골드 나왔습니다. 더 없습니까?”

조용했다.

“카운트하겠습니다. 5, 4, 3, 2, 1! 종료! 이로써 첫 번째 경매 물건인 중급 그레이 오크 가죽 1천 장은 5,120골드에 사이렌님께 낙찰되었습니다.”

사이렌이라 불린 자는 매우 흡족한 웃음을 지었다. 중급 그레이 오크 1,000장이 5,120골드라면 수지맞는 장사였기 때문이다. 중급이라 해도 시중에서는 장당 7골드에 판매되니 말이다.

거기에 가공하여 완제품으로 만든다면 적어도 한 벌에 30골드는 족히 나간다. 그리고 더욱 흡족한 것은 중급이라 해도 시중의 중급 그레이 오크 가죽보다 훨씬 상태가 좋기 때문이다.

결국 못해도 장당 8~9골드는 충분히 받을 수 있다는 말이다. 그러니 당연히 흡족한 표정을 짓고 있는 것이다.

그와 반면에 계산을 마친 다른 참가자들은 아쉬운 빛이 가득했다. 10,000골드를 불렀어도 이문이 남는 장사였기 때문이다.

어차피 그냥은 안 판다. 여기 참석한 모든 이들이 숙련된 무두장이나 혹은 가죽 재단사를 두고 있을 것이니 말이다.

그런 계산이 나오자 아쉬운 눈빛과 함께 탐욕이 가득한 눈빛이 되어 다음 경매 물건이 나오기를 고대하였다.

경매장의 열기는 점점 더 고조되어 갔다.

처음에는 별다른 반응이 없던 이들도 물건이 점점 좋아지고 자신이 원하는 품목이 나오자 경쟁적으로 경매에 참여하였다.

"잠시 두 시간 휴장하겠습니다. 지금부터 정확히 두 시간 후인 오후 두 시에 경매를 시작하겠습니다."

경매가 잠시 중단되었다. 어떤 압력에 의하여 중단된 것이 아니라 오전 내내 쉬지 않고 진행된 탓에 경매 참가자가 점점 집중력을 상실하고 지치기 시작했기 때문이다.

또한 대부분이 귀족이고 상인, 혹은 마법사인 탓에 그들에게 적당한 휴식을 권고하고 피로 회복의 여건을 만들어줌으로써 아이젠 남작가에 대한 인식을 좋게 하고자 하는 집사의 배려였다.

'좋아, 좋아. 으흐흐흐. 우리 집사 파이팅!'

함지박만 한 웃음과 손까지 비비며 극한 만족감을 표시하는 베르누크였다.

경매장에는 베르누크 혼자만 남아 있었다. 하지만 텅 비어 썰렁하기까지 한 이 경매장을 베르누크는 떠날 줄 몰랐다.

'으흐흐흐. 조금만 더 하자! 아잣!'

많은 사람이 있다 빠져나간 이후의 경매장이지만, 공허함보다는 만족감만 느껴졌다. 왼손을 들어 허공에 하이파이브를 한 베르누크는 쑥스러운 듯 누가 볼세라 얼른 경매장을 빠져나갔다.

경매장 문을 열고 나오자 음식 냄새가 확 풍겨왔다.

경매장 밖은 이미 점심을 먹기 위한 경매 참가자들로 왁자지껄했다. 최신식 뷔페 시설이 경매장 밖에 설치되어 있었다. 물론 이런 생각은 바로 베르누크의 작품이다. 실행이야 집사가 했지만 아이디어를 낸 건 베르누크다.

오후라 따뜻하게 내리쬐는 햇볕에 잣나무 냄새가 싱그러운 곳에서 뷔페식으로 주욱 나열된 음식 중 자기의 기호에 맞는 음식을 찾아 쏙쏙 찾아 먹는 맛. 애들이 눈깔사탕 쪽쪽 빨아 먹는 맛과 다르지 않으리라.

애나 어른이나 먹는 것 앞에서는 별수 없다. 입이 즐겁고 눈이 즐겁다. 오랜만의 사설 경매장이며, 경매에 나온 품질이 우수하다 보니 마음까지 즐겁다.

즐거움은 식탐을 부른다. 자연의 싱그러움도 식탐을 부른다. 즉, 지금 이 순간 벽촌의 작은 남작 가문에 대한 호기심과 우호도가 발생한다는 것이다.

즐거운 점심시간을 마치고 느긋하게 달콤하고 상큼하며 향기 나는 허브차를 마신 경매 참가자들은 들뜬 마음으로 다시 경매장에 입장하였다. 나른하고 즐기고 싶은 오후지만 경매 참가자들에게는 그보다 더 중요한 것이 있었다.

"오후 경매를 시작하도록 하겠습니다! 오후 경매의 첫 번째 물건은 바로 트롤의 사체입니다!"

"오오!"

"드디어!"

트롤의 가죽이나 다른 것이 아닌 사체였다. 경매 참가자들의 눈이 반짝였다. 특히나 로브를 입은 마법사들의 눈이 분주해지기 시작했다. 깔끔하게 목을 절단한 트롤이었다.

트롤의 절단된 면과 트롤 전체가 아이스 마법진으로 동결된 상태였다. 집사는 우선 절단된 트롤의 목과 아이스 마법진이 설치된 상자를 보여주었다.

"보시다시피 출혈을 최소화한 트롤입니다. 또한 죽은 지 5분 이내 아이스 마법진 설치된 상자에 보관한 것입니다. 상태는 최상이며 성체 트롤로서 경매 시작가는 30,000골드부터입니다.”

“30,000!”

“30,100!”

“31,000!”

트롤 사체의 가격은 쭉쭉 올라갔다. 없어서 못 파는 트롤의 사체다. 그리고 상태도 아주 양호하다. 목만 없을 뿐 살아 있는 상태 그대로라고 봐도 무방했다.

저런 경우는 부르는 게 값이다. 상인이든 마법사든 눈에 불을 켜고 달려들었다. 버릴 게 하나도 없는 트롤이잖은가? 게다가 트롤의 피는 포션을 만드는 데 필수품이라 할 수 있다.

하위 몬스터와는 달리 트롤부터는 아이스 마법으로 얼려 놔도 디프로스트(해동) 마법을 걸면 모든 것이 원래대로 돌아온다. 때문에 될 수 있으면 사로잡으면 좋겠지만 그러다 오히려 자신의 목숨을 잃기 쉽다.

하니 살아 있는 것을 잡지 못하는 작금의 상황에서 아이스 마법으로 얼려 놓은 트롤은 부르는 게 값이라는 말이다. 피면 피, 뼈면 뼈, 가죽이면 가죽, 힘줄이면 힘줄, 버릴 게 없잖은가.

“100,000!”

“100,000! 100,000골드 나왔습니다! 더 없으십니까? 기회는

흔치 않습니다! 5, 4,……."

"110,000!"

"네, 110,000 나왔습니다! 더 없으십니까? 없으시면 5, 4, 3,……."

"150,000!"

"150,000! 150,000 나왔습니다. 카운트 들어갑니다! 5, 4, 3, 2, 1!"

아무도 손을 드는 자가 없었다.

"낙찰되었습니다! 최상급 트롤의 사체는 150,000골드에 불의 마탑 지부에 낙찰되었습니다!"

이후 경매는 더욱더 가속되었다. 트롤의 사체부터 시작해서 오우거의 사체가 나오자 경매장은 과열 양상까지 보였고, 트윈 헤드 오우거의 사체가 나왔을 때는 사체임에도 불구하고 몇몇 상인은 겁을 집어먹는 경우도 있었다.

그리고 마지막으로 나온 미노타우르스의 사체의 경매는 그야말로 절정의 도가니였다. 지금까지 한 번도 나오지 않는 미노타우르스 사체. 그것도 최상품.

사체의 크기만 해도 무려 4미터 50센티미터였다.

사람들은 그것을 보고 경악과 경이의 감탄을 질렀지만 베르누크는 잠깐, 아주 잠깐 미노타우르스가 있는 사체의 상자를 보고 '상자 참 크네. 만드느라고 고생 좀 했겠네' 라고 생각했을 뿐이다. 자신이 잡았으니 딱히 더 놀랄 것도 없었다.

몬스터의 경매가 끝나자 이미 해는 저물어 캄캄한 밤이 되었다. 그렇다 하더라도 조금 무리해서 창고에서 먼지만 켜켜이 쌓여 있던 마법 등을 재활용한 덕택에 아름다운 밤의 풍경을 이끌어냈다.

"경매의 마지막인 마정석의 경매는 시간 관계상 내일 오후 두 시에 속개하도록 하겠습니다. 오랜 시간 동안 고생 많으셨습니다. 숙소는 밖으로 나가시면 시종들이 안내할 것입니다."

짝! 짝! 짝!

그렇게 보람찬 경매의 하루가 지나갔다. 이것을 위해 열심히 입에 땀띠 나도록 카운트를 한 집사에게도 보람찬 하루였고, 뒤에서 그러한 집사를 보며 뻔한 생각만 열심히 해대던 베르누크에게도 보람찬 하루였다.

"고생했어요. 아저씨."

"허허허, 이런 고생이라면 백번이고 천번이고 할 수 있습니다."

"그래, 오늘 벌어들인 돈이 얼마나 되죠?"

"음. 그레이 오크 가죽이 대략 16만 골드에, 트롤의 가죽 23만 골드, 오우거의 가죽 30만 골드, 거기에 사체가 트롤, 오우거, 트윈 헤드 오우거, 미노타우르스가 각각 13만, 25만, 37

만, 31만이니까… 175만 골드군요.”

“트롤의 피도 있잖아요.”

“아~ 늙으니까 기억이. 흠흠. 트롤의 피가 대략 50만 골드에 기타 부산물이 18만 골드입니다. 전부 합쳐서 243만 골드로군요.”

“으흐흐흐. 243만! 반년치 영지 예산이 한꺼번에 굴러들어왔군.”

“저기, 영주님. 웃음이 좀…….”

“좋잖아요. 웃어보세요. 으흐흐흐흐!”

“헐헐헐. 좋군요. 좋아요.”

“내일은 더욱 기대되는군요.”

“그럴 겁니다. 오늘 경매에 참석하지 않은 자들도 있으니 말이지요.”

그럴 것이다. 그 의문의 사내와, 동부의 수호자 가문인 밀리예프 후작은 오늘 오우거 가죽 때 한 번, 트윈 헤드 오우거 가죽 한 번, 딱 두 번 경매에 참여했을 뿐이다.

“으흐흐. 아저씨, 내일도 파이팅!”

“예? 파 뭐라고 한 겁니까?”

“아하하하! 그런 게 있습니다. 어쨌든 오늘은 푹 쉬세요.”

“영주님께서도 편안하시길.”

                    *   *   *

경매 참가자들의 숙소. 그 건물 어느 곳에서 나지막한 대화
가 이루어지고 있었다.

"오늘 경매 어떻게 보았느냐?"

"실로 오랜만에 보는 절묘한 솜씨였습니다."

"그렇지?"

"절단면이 너무나도 깨끗했습니다."

"설명해 보겠느냐?"

"단 일 겁입니다. 그리고 찰나의 순간입니다. 오늘 나온 모
든 사체가 동일합니다. 다만 트롤의 사체만큼은 약간의 흠이
있었습니다. 그것은 아직 마나가 정순하지 못하다는 것. 동일
인물이 아님을 알 수 있습니다."

잠시 호흡을 가다듬는 기사였다. 귀족으로 보이는 자, 즉
밀리예프 후작은 계속해 보라는 듯 손짓했다. 꽤 흥미롭고 비
교적 정확하게 파악하고 있다는 것을 의미하는 것이리라.

"하지만 마지막 거래된 오우거와 트윈 헤드 오우거 전체,
미노타우르스 전체는 모두 한 인물에 의하여 잡힌 것입니다.
이것으로 보아서 마나가 정순하며 고릅니다. 추측컨대 최소
상급, 또는 그 이상인 최상급의 경지라고 예상됩니다."

"음. 옳게 보았다. 나 또한 그리 생각한다. 유리처럼 반듯

한 단면과 바로 얼려 버린 목의 단면을 보았을 때 마법검을 들었을 경우를 생각한다면 상급의 검사라고 보아도 무방할 것이다."

"상급의 경지에 마법검이라니, 생각지도 못한 일입니다."

"본 작도 그저 상상해 본 것일 뿐이다. 기사가 마법까지 다룬다는 것은 상상조차 할 수 없는 일이니 그 대안으로는 마법사를 대동했거나 혹은 마법검이겠지."

"음. 아이스 마법과 마법진을 그 정도로 정교하게 펼칠 마법사라면 적어도 4서클 마스터일 것이니 지금의 제국에서 마탑의 눈을 벗어날 마법사는 없으니 당연히 마법검이겠군요."

"그러하다. 너도 이번 경매로 많은 것을 배우는구나. 하나 우리가 관심을 가져야 할 것은 마법검이 아니다."

"그렇군요. 최상급의 검사. 용병이 되었든 기사가 되었든 마법검을 소유할 정도의 대단한 무력을 지닌 자이겠군요."

"그렇다고 할 수 있겠지."

"하지만 조금 난감합니다. 그러한 자가 용병인지 기사인지를 모르니 말입니다."

"해서 이곳 영주와 조금은 안면을 틔워두는 것이 좋을 것 같구나."

"이곳 영주라면 베르누크 아이젠 남작 말입니까? 듣기로는 소문이 그리 좋지 않던데 말입니다."

"소문은 소문일 뿐. 소문과 같으라는 법도 없으나 소문과 전혀 다르리라는 법도 없지 않느냐? 진위 여부는 직접 보고 판단해도 늦지 않을 것 같다만."

"죄송합니다. 저의 생각이 짧았습니다."

"그래, 되었다. 그리고 내일 마정석은 최대한 많이 확보해야 할 것이다. 오늘 경매 물건을 보니 확률이기는 하나 상당한 양의 마정석이 경매에 나올 것 같으니 말이다."

"명심하겠습니다."

"그래, 쉬거라."

*　　　*　　　*

또 다른 침실. 불꽃 문양의 로브를 입고 있던 마법사의 방이다. 정갈하게 꾸며진 침대와 방의 중앙에 놓인 둥근 탁자, 한쪽 편 전체가 창문으로 이루어져 있어 밤임에도 불구하고 하늘의 별을 헤아릴 수 있을 정도다.

창으로 다가가 조용히 밤하늘을 응시하던 마법사는 이윽고 좌우에 연결되어 있는 커튼의 끈을 풀어 창문을 가렸다. 취침에 들기 위해서인지 아니면 어떤 다른 일을 하기 위해서인지 모를 일이지만 말이다.

그리고 품속에서 작은 수정 구슬을 꺼내 원탁 중앙에 놓고 그곳에 마나를 불어 넣었다. 그러자 수정 구슬에서 스파크가 일더니 한 명의 얼굴이 허공에 맺혔다.

"불의 마탑 북부지부 한센 크라이머가 지부장님을 뵙습니다."

"인사는 되었네. 결과를 들었으면 하는군."

"알겠습니다."

별로 불쾌한 기색은 없었다. 마법사의 서클은 무시할 수 없다. 같은 마나의 진동에 의한 공명이 작용하기 때문이다. 해서 한 서클의 차이라 하여도 그 벽은 감히 넘을 수 없는 벽과 같았다.

마법사는 한참 동안 경매의 과정과 경매에 참석했던 사람들의 대략적인 구성 등 이것저것을 시시콜콜하게 보고하였다. 마치 하나라도 빠지면 큰일이라도 날 듯이 말이다.

"되었고, 사체들의 상태는 어떠하던가?"

"상당히 보존이 잘된 상태였습니다."

"좋군. 얼마나 확보했나?"

"가죽은 확보하지 않고 사체를 중점적으로 확보했습니다. 트롤 사체 백이십 마리, 오우거 열 마리, 트윈 헤드 오우거 세 마리입니다."

"미노타우르스는?"

"죄송합니다. 그것은 골드핸드 상단에서 확보했습니다."

"흠. 그건 나중에 다시 논의하도록 하고, 오늘 분위기는 어
떠하던가?"

"경매장의 분위기입니까, 아님 북부의 분위기입니까?"

"둘 다."

"경매장은 북부의 인사보다는 남부와 동부의 인사들이 많
이 몰려들었습니다. 실제 경매 낙찰을 많이 받은 곳은 남부의
인사들로, 대체적으로 트롤의 사체와 함께 가죽을 선호하였
습니다. 특이한 점은 동부의 수호자라 일컬어지는 밀리에프
후작 본인이 직접 경매에 참여했다는 것입니다. 호위로 그리
폰 기사단의 단장이 동석했습니다."

"흐음. 밀리에프 후작이 왜? 하긴 동부의 수호자라는 밀리
에프 후작이라면 이미 수도의 상황과 남부의 상황을 알 수도
있겠군."

"그럴 것이라 예상됩니다. 만나봅니까?"

"아니. 되었네. 그저 지켜보고 내일 있을 마정석 경매에서
될 수 있으면 많은 마정석을 확보하는 것이 좋을 것 같네."

"저… 그런데… 외람된 말씀이나, 상황이 안 좋습니까?"

"……."

상대가 말이 없자 찔끔한 마법사였다. 상대는 자신과 비교
도 할 수 없는 높은 자리에 있는 자. 정말 외람되고 건방진 말
이라는 것을 느낀 탓이다. 하지만 이미 내뱉어진 말을 주워

담을 수는 없었다.

"흠. 자네도 알아야겠지. 상황이 안 좋네. 그쯤 알고 더 이상 깊이 파고들지는 말게."

"아, 알겠습니다."

"그럼 수고하도록"

"넵!"

그 말과 함께 허공에 맺힌 이미지가 일그러지며 종내에는 텅 빈 공간만이 남았다. 물끄러미 텅 빈 공간을 응시하던 마법사는 이내 긴 한숨을 토해내며 탁자 위에 놓인 수정 구슬을 조심스럽게 품속으로 집어넣었다.

*　　　*　　　*

베르누크는 군사인 카림 클라우제비츠와 마주 앉아 있었다.

카림의 명을 받은 현자의 탑의 현자들은 아이젠 남작령을 중심으로 꾸준히 정보활동을 해왔다. 그들에게는 이번 경매 또한 대륙 각지의 정보를 얻기 위한 계기와 방법이 되었다.

그들의 정보 수집과 분석 결과를 보고받은 카림은 그 결과물을 가지고 경매 첫째 날이 끝난 오늘 베르누크를 만나러 왔다.

"난세가 시작될 것입니다."

카림이 굳은 얼굴로 말했다. 베르누크는 일부러 아무렇지 않다는 듯 표정을 만들어 보였다.

"뭐, 천 년을 버텼으면 오래 버틴 것이니 탈이 날 때도 됐지."

"시작은 남부일 것이고 말입니다."

"그래서 동부의 수호자라는 귀족이 친히 왕림했구먼."

"우리도 준비를 해야 합니다."

"지금 하고 있잖나."

"더 확실하게, 더 세밀하게 해야지요."

"그래서 경을 영입한 거지. 더 확실하고 세밀하게 하려고."

카림은 고개를 저었다.

"자금이 많이 듭니다."

"지금 열심히 돈 벌고 있잖나."

"이 정도로는 어림도 없습니다."

"단타 아니야."

"시간이 별로 없습니다."

"예상은?"

"길어야 5년입니다."

"에효~"

한숨을 포옥 내쉬며 머리를 톡톡 두드리는 베르누크였다. 경매장에서 느꼈던 불안한 기분이 사실로 확인되었다. 그의 표정은 여지없이 '이럴 줄 알았어! 이럴 줄 알았어! 사람들이 노는 꼴을 못 봐요!' 하는 표정이었다.

클라우제비츠 경은 이제는 자신의 주군이 되어버린 아이젠 남작을 바라보았다. 툭툭거리긴 해도 이미 상황을 어느 정도 파악하고 준비하고 있다. 어설픈 듯하면서도 짜임새 있게 말이다.

세상은 참 재미있지 않은가? 과거 뚱뚱하고 게을러서 사람 구실도 제대로 하지도 못한 자가 어느 날 갑자기 하늘에서 뚝 떨어진 사람처럼 변해서는 돈을 벌고, 기사들을 훈련시키고, 마법사를 키우고 있다.

서른한 살이라고 하기에는 믿기지 않을 정도의 판단력과 추진력을 가진 자신의 주군이다. 또한 그 안에는 무서울 정도로 냉철한 객관성마저 지니고 있다.

실제 처음 자신의 주군을 봤을 때 심장이 입 밖으로 튀어나올 것처럼 놀라지 않았던가? 귀족이라 보기도 그렇고 기사라 보기도 그렇고, 너무나도 자유롭고 자연스런 사상과 생각의 소유자였다.

클라우제비츠 경은 지금의 이 주군과 대화하는 것은 무척이나 즐겁다. 어간의 숨은 뜻을 제대로 파악함은 물론이요,

자신이 말하고자 하는 의도를 정확히 꿰고 오히려 더 상세한 계획을 내놓으니 말이다.

"영지 개발 5개년 계획은 다 되었고?"

"그렇습니다."

"듣고 싶네. 군사의 생각이 얼마나 원대한지 한번 감상해 보고 싶군."

툭툭거리면서 별로 관심 없어 보이는 듯 시크한 말투가 영 귀엽다. 뭐 주군한테 귀엽다는 말 자체가 이상하지만 귀여운데 어쩌라고.

"우선 군사 부문입니다. 군사 부문은 기사단과 마법 병단이 있습니다. 기사단은 현재 열두 명까지 늘어났으며, 지속적인 충원이 이루어지고 있습니다. 최종 목표는 서른 명을 한 개 기사단으로 하여 네 개 기사단을 둘 예정이며, 세 개 전위 기사단과 한 개 예비 기사단입니다. 실력은 전원 익스퍼트를 목표로 하고 있습니다. 훈련은 매월 보름 동안 한 개 기사단씩 순번을 정하여 메이플라이 산에서 야전 훈련을 실시할 예정입니다."

"음. 괜찮군. 일단 짝수의 인원이 모이면 팀을 나누고 분기별로 팀별 대항전을 넣는 것도 괜찮겠는데 말이지."

"흠. 좋은 방법입니다. 참고하도록 하겠습니다."

"그려. 다음."

“다음은 마법 병단입니다. 최종 목표는 전투 마탑이라는 마탑을 세우는 것을 목표로 하고 있습니다.”

“이야~ 전투 마탑이라……. 이름 멋지네.”

“흠흠. 현재 가칭 전투 마탑주는 집사이신 제레미 웹 경이며, 부탑주로는 제레미 웹 경의 오랜 친우이신 막시무스 스토리지 남작이십니다. 또한 마탑의 구성원으로 막시무스 스토리지 남작님의 제자까지 모두 다섯 명으로 구성됩니다.”

“음. 그리고 군사부 하나 더 만들어. 머리 쓰는 사람도 여기 치이고 저기 치이기보다는 한 곳에 모아서 각자의 관심 가는 곳에 적극 참여하는 것이 좋겠지.”

“알겠습니다. 바로 조치하도록 하겠습니다.”

“다음은 경제 분야로 상당히 중요한 부문입니다.”

“그, 그래. 계속해.”

떨떠름한 표정의 베르누크였다. 하지만 베르누크의 고난은 이제 시작이었다. 군사 분야야 쉽게 통과되었지만 경제 분야는 관심을 가져야 할 부분이 많았다. 물론 재정 분야도 있고 말이다.

‘썩을. 이러다 머리 쥐나서 폼 나기도 전에 죽는 거 아냐? 이제 시작인데 나이도 얼마 안 먹었구만. 그렇잖아? 살 때문에 움직이지도 못하고 이제 좀 움직인 지 두 달 됐잖아. 생후 이 개월이란 말이다!’

하지만 베르누크의 그러한 불만은 씨알도 안 먹혀들었다.
베르누크는 남작이고 영주였으며, 나이가 무려 31세인 청년
이었다. 그것도 꽤 건강하고 건장하며 똑똑한 청년 말이다.

*　　*　　*

드디어 마정석을 경매하는 날.
'음? 저자는 어제 보이지 않던 자인데? 으음. 과연 마정석
이라는 건가?'
베르누크의 시선이 경매장 이곳저곳으로 향했다. 경매장
에는 어제 몬스터 부산물 경매 때 보이지 않던 손님들이 상당
수 늘어나 있었다.
몬스터의 부산물이 희귀하다고는 하나 마정석보다는 손쉽
게 구할 수 있다. 하지만 마정석은 공급보다 수요가 더 많다.
그러하니 지금의 현상은 당연한 것일 게다.
"과연 마정석이 대단하긴 한가 보군."
"과한 반응이 아닌가 합니다."
"쯧. 모르고 있었더냐? 마정석의 중요성을 말이다."
"마정석이라 함은 마나를 부여한 돌이지 않습니까? 그 금
액이 과하다고는 하나 구하려고 한다면 못 구할 물건은 아닌
것으로 알고 있습니다."

밀리예프 후작은 마정석의 가치를 너무 가볍게 판단하고 있는 아들의 모습에 눈살을 찌푸렸다.

"허어~ 동부의 수호자로 자리매김하고 계시는 밀리예프 후작가의 단장님께서 마정석을 너무 쉽게 판단하십니다."

"음?"

밀리예프 후작과 그 아들의 시선이 돌려졌다. 갑자기 나타난 그는 다름 아닌 불의 마탑에서 파견 나온 마법사였다.

그에 인상을 찡그린, 밀리예프 후작의 장자이자 그리폰 기사단의 단장으로 있는 알렉세이 밀리예프 자작이 마탑의 마법사에게 물었다.

"설명해 주실 수 있겠소?"

그에 마법사의 얼굴에는 과연 하는 빛이 떠올랐다. 보통의 귀족이라면 당장에 길길이 날뛸 일이었으나 전혀 동요됨이 없다는 것은 그만큼 수양이 깊다는 것을 의미했기 때문이다.

"커험. 단장님의 말씀처럼 마정석이라는 것이 구하려 한다면 구할 수 있는 물건이기는 하지요. 하지만 중요한 것은 인공적으로 만든 것보다는 자연적으로 생성된 것이 그 효과가 훨씬 더 좋다는 것입니다."

보통 인공적으로 만든다 함은 고가의 보석을 이용한 방법이 있는데, 이 경우 가격도 가격이지만 마나의 질이 현저히 떨어진다. 동시에 마나의 양도 차이가 크게 난다.

이렇게 만들어진 인공 마정석은 대부분 인챈트에 사용되고 더러는 기사들의 마나량을 증가시키거나, 마법사들의 마법의 위력을 증폭시키는 데 사용되기도 한다.

"이렇게 만들어진 마정석은 저장된 마나량을 기준으로 해서 최상급, 상급, 중급, 하급 마정석으로 구분되지요."

그리고 잠시 말을 끊더니 다시 설명을 이었다.

그가 이리도 장황하게 설명하는 이유는 다른 것이 아니다.

바로 알지도 못하면서 무식하기만 하고 힘만 센 기사들의 콧대를 꺾어주기 위해서였다. 하지만 밀리예프 후작은 별말을 하지 않았다.

아들에게 도움이 되는 말이니 굳이 뭐라 할 생각이 없어서이다.

"또한 자꾸 헷갈리는데, 마나석이라는 것이 있습니다. 마나석은 마나를 정제해 놓은 돌입니다. 마정석은 그냥 마나를 부여한 돌이고 말입니다. 당연히 그 가격은 비교할 수조차 없이 마나석이 비쌉니다. 제국에도 몇 개 없을 정도로요. 때문에 사람들은 마정석을 찾는 것입니다. 마정석은 광물로도 나올 수도 있고, 질이 떨어지지만 인공적으로 만들 수도 있습니다. 하지만 광물로 나오는 것은 극히 드뭅니다. 그래서 사람들은 마정석에 이리도 목을 매는 것입니다. 몬스터에서 나오는 마나석은 확률적으로 낮게 나오기는 하지만 범용으로 사용될 수 있을 정도입니다. 하물며 몬스터들이 사납기로 유명한 메이플라이 산에서 나오는 마정석이니 그 범용과 질이 얼마나 좋겠습니까? 그러하니 사람이 이리 몰리는 것입니다."

마법사의 길고 긴 설명에 고개를 주억거리는 알렉세이 밀리예프 그리폰 기사단장이었다. 밀리예프 후작은 그에게 간단한 목례로 고마움을 표현했다.

"고맙소. 단장이 안계를 넓힌 듯하니 말이오."

"별말씀을."

간단하게 공치사가 서로에게 오가고, 직후 웅성거리던 경매장이 조용해지기 시작했다. 경매장의 단상에 경매 중개인이 나타났기 때문이다.

"자! 오래 기다리셨습니다! 드디어 이번 경매의 마지막인 마정석 경매를 시작하도록 하겠습니다!"

"오오~!"

마정석 경매를 시작하겠다는 말에 여기저기서 탄성이 터지며 웅성거리기 시작했다. 그들도 가장 기대하던 경매였으니 당연한 것일 게다. 그것을 지켜보는 베르누크는 흐뭇했다.

영주임에도 불구하고 집무실에서 집무를 보지 않고 경매장에 앉아 있는 것이 영 미덥지 못하지만 그렇다 해도 그가 영주인 이상 이래라저래라 할 수는 없었다.

아직까지는 영지의 일이 많지 않은 것도 있지만 영지가 별로 크지 않음에도 불구하고 지금은 없어진 현자의 탑의 현자들이 대거 유입되었으니 솔직히 별 신경 쓸 일도 없었다.

"이번 경매에 올라온 마정석은 중급 마정석 203개와 상급 마정석 12개입니다. 그리고 보증과 검증은 4서클 마스터이신 막시무스 스토리지 자작님께서 직접 하셨습니다."

확실한 물건이라는 것을 알려준 것이다. 물론 누가 그것을 보증하고 검증했는지는 상관이 없다. 사설 경매라는 것이 그런 거니까. 하지만 이렇게 귀족의 작위에 있는 자가 해준다면 더 확실해진다.

집사의 말에 단상 한쪽 편에 의자를 가져다 놓고 앉아 있던 막시무스 스토리지 자작이 일어나 가볍게 고개를 숙였다.

"막시무스 스토리지 자작입니다."

짝! 짝! 짝!

여기저기서 박수 소리가 들려왔다. 이것은 기뻐서 치는 박수가 아니라 빨리 경매를 시작하라는 신호와 같은 압박이다.

그렇게 경매는 차근차근 진행되었다. 대단한 열기와 함께 말이다. 근래 보기 드문 양질의 마정석이 나왔으니 당연하다 할 것이다.

오후 내내 자리를 뜨는 사람은 아무도 없었다. 그중 가장 큰 경합은 바로 동부의 수호자라는 밀리예프 후작가와 불의 마탑이었다.

거기에는 남부의 귀족도 끼어 있었다. 크게 뭉뚱그려서 삼파전이라고 할 수 있었다.

간혹 몇몇 상단에서 끼어들어 한두 개의 마정석을 가져가기도 했지만 밀리예프 후작가와 불의 마탑, 그리고 남부의 귀족들을 대행하는 상인들의 돈질에 혀를 내두를 뿐이었다.

"마지막 상급 마정석은 5,200골드에 남부의 대상단인 골드러쉬 상단에게 낙찰되었습니다. 이로써 제1회 아이젠 남작가의 사설 경매를 마치겠습니다. 더불어 원로에 수고하신 여러분을 위문코자, 저녁 8시에 성공적으로 경매를 마치게 되어 그 의미를 새기고자 축하 파티를 열고자 하니 기쁜 마음으로 참석해 주시면 감사하겠습니다."

축하 파티라는 말이 나오자 귀족과 상인 등 경매에 참여했던 사람들이 일제히 탄성을 내질렀다. 솔직히 기대 안 했기 때문이다. 그냥 경매 물건 좀 챙기고 혹은 모르는 사람 있으면 안면이나 틔울 목적으로 온 사람도 다수이니까 말이다.

한데 어디서 땡빚을 얻었는지 축하 파티를 한단다. 자고로 애든 어른이든 놀고먹는 건 다 좋아한다. 공짜로 주겠다는데 싫어할 놈이 있겠는가?

'예로부터 공짜는 양잿물도 곱빼기라고 했어.'

엉큼하게 웃으며 환호하는 경매 참가자들을 바라보는 베르누크였다. 다 나름의 생각이 있어서다. 생각없이 돈 들여서 파티를 할 일은 없다. 풀면 언젠가는 돌아오게 되어 있다.

*　　　*　　　*

화려한 실내 장식. 휘황하게 밝혀진 샹들리에 아래에서 많은 남녀가 제각각의 주제를 놓고 토론을 하거나 아니면 신변 잡기적인 이야기로 우호를 다지고 있었다.

그 변방에서 조심스럽게 접시를 들고 음식을 먹고 있는 베르누크였다. 베르누크는 경매 시작 일부터 한 번도 전면에 나서지 않았다. 그러지 않아도 경매는 잘 이루어졌으니 말이다.

제3자의 입장에서 모든 것을 바라보고 있었다. 그런데 그러한 그에게 한 명이 술잔을 들고 점잖게 다가왔다.

경매 첫날 경매에 참가하지는 않고 그저 구경하기만 했던 남자. 베르누크가 보자마자 불길한 예감을 느꼈던, 바로 그 미청년이었다.

다시 봐도 짜증나게 잘생겼다. 베르누크는 그가 자신에게 다가오자 괜히 부담스러워 자연스럽게 발을 옮겼으나 이미 그럴 줄 알았다는 듯 사내는 능청스레 쫓아왔다.

"영주님을 한번 뵙고 싶었는데 잘되었군요."

"아하하하, 반갑습니다. 베르누크 아이젠입니다."

"반갑습니다. 카시오스 라이너라고 합니다. 잠깐 이야기를 나눴으면 합니다만."

"아~ 조용한 곳이라면 이쪽으로."

떨떠름한 표정의 베르누크가 사내를 안내한 곳은 한쪽 편의 테라스였다. 밤 시간이고 겨울로 가는 길목이라서인지 레드 문의 색깔이 점점 옅어지고 있었다.

베르누크가 눈에 띄게 움찔거리며 가까이 오려고 하지 않자, 사내의 표정이 묘해지더니 대뜸 물어왔다.

"나를 알아보는 건가?"

"커험. 큼큼."

괜히 헛기침을 하며 딴짓하는 베르누크였다. 이미 자신이 피하려 한다는 것을 눈치챈 모양이다. 또한 정체를 들켰다는 것에 호기심도 느끼는 듯했다.

"맛있어 보이는군. 파티에 없는 음식 같은데?"

그는 서두를 생각이 없다는 듯 베르누크가 들고 있는 음식에 흥미를 표했다.

"아, 이거 말입니까? 제가 요즘 식이 조절을 하고 있느라 말입니다."

"식이 조절이라……. 처음 들어보는 말이군."

베르누크는 눈을 질끈 감고, 어차피 할 말, 빨리 해치우자 생각했다.

"그런데 라이너님께서는 왜?"

"유희 중이네만."

"음. 역사서가 잘못된 거로군요."

"담력이 제법이군."

"뭐, 인간의 기억과 기록은 승자의 기억이며 기록이니까요. 멀쩡하던 존재들이 갑자기 사라질 이유는 없다고 봅니다."

베르누크의 반응에 카시오스 라이너가 흥미롭다는 얼굴로 바라보았다.

"진정 멀쩡한 존재라고 생각하나?"

"아닐 수도 있을 것입니다. 역사라는 것이 정사가 있으면 야사가 있는 법이지 않습니까?"

"호~ 드물게 재미있는 발상을 하고 있는 자로군."

베르누크는 사내의 정체에 확신을 가졌다. 불길한 예감으로만, 그래서 일부러 자각하지 않으려고 애썼지만, 결국 진실로 드러난 것이다.

카이시스 라이너, 정확히는 카이벨라이시스 라이오너 프란첼로.

그는 환상의 시대가 끝나고 인간의 시대에 접어들며 사라졌다던 존재, 바로 드래곤이다. 무려 5,000년 만의 귀환인 셈이다. 그러한 잊힌 존재가 지금 날카로운 눈빛을 빛내며 베르누크에게 호기심을 느끼고 있다.

“한데 잊힌 존재께서 어인 일로 여기까지……."

떨떠름하고 만나기 싫어할 뿐 베르누크는 사실 별로 무서워하는 기색이 아니다. 이미 알고 있었다는 듯이 말이다. 그것이 오히려 더 카시아스의 호기심을 자극했다. 다른 인간이었으면 이미 벌벌 떨거나 기절했을지도 모를 판국에 말이다.

거기에다 베르누크는 여전히 손에 들고 있는 접시의 음식을 조금씩 씹어서 먹고 있다.

“흥미로워서."

“음. 그것은 좀 그런데요? 솔직히 메이플라이 산을 들어간 건 나뿐만이 아닐 것이고, 나만큼 들쑤신 사람들 역시 바닷가의 모래알처럼 많은데 말입니다. 음, 맛있네."

“그렇다 하더라도 최근 500년간은 없었지. 솔직히 잠자는 것도 지겹고."

음식을 맛있게 먹고 있던 베르누크의 얼굴이 살짝 굳었다.

‘이런 썩을. 무전취식하겠다는 거야? 그런 거야?’

“우리 영지는 보다시피 먹을 것도 없습니다. 원체 가난해서 말입니다."

“한데 꾸미는 일이 재미있지 않은가?”

“저기 그냥 집에 계시면 안 되겠습니까? 여기보다 훨씬 큰데."

“심심하다니까?”

'이런 개… 쓰읍! 후우! 참자, 참아. 똥이 무서워서 피하냐?'

"저기… 우리 영지에 머무르려면 무언가 일을 하셔야 하는데요?"

"많이 해봤으니 걱정하지 말게. 뭐, 용병 마법사도 괜찮을 것 같군. 6서클 정도면 되려나? 나이는 자네와 비슷하게 하면 되지 않을까?"

많이 봐줬다는 식의 말에 베르누크는 먹던 음식을 뿜어내고 뒷목을 잡을 뻔했다.

'아놔! 인간 세상에 뭐 먹을 게 있다고. 가만, 6서클 마법사라고? 좋은데?'

베르누크의 눈빛이 변했다.

"저, 마탑주 한번 해보시겠습니까? 마탑의 이름은 전투 마탑으로 전투에 특화된 마법사들의 모임입니다만."

"호, 그래? 그것도 재미있겠군."

베르누크는 대충 어림짐작하고 있었다. 아마 회가 동했을 것이다. 이럴 때 조금 더 밀어붙여야 한다.

"아시다시피 영지의 재정 상태가 좋지 못한 관계로……."

"아, 영지가 정상적인 상태가 될 때까지는 걱정하지 않아도 될 것이네. 6서클의 마법사가 그냥 마법사는 아니니 말이네."

“아하~ 그렇지요. 그리고 여기를 나가면 얼굴을 조금……. 너무 젊으면 의심하지 않겠습니까? 6서클인데 말입니다.”

“음, 그런가? 하긴 인간들은 그런 것에 민감하니. 하지만 자네도 나이에 비해…….”

“저야 뭐 대충 젊지만… 너무 젊잖습니까?”

“흠, 그렇군. 그러도록 하겠네.”

“그리고 사석에서야 상관없지만 공식적인 자리에서는 어쩔 수 없이…….”

“아, 무슨 말인지 알겠네. 그럼 내일부터 잘 부탁하네. 나도 나름 준비를 해야 하니 이만.”

막돼먹은 잊힌 존재 한 마리가 그렇게 낚였다. 돈 벌러, 병력 담금질하러 들어갔던 메이플라이 산이 이러한 인연을 만들어준 것이다.

카시오스 라이너가 사라지자 베르누크는 소심하게 포크를 들고 있는 손을 말아 쥐고 아주 작게 파이팅을 외쳤다.

‘되는 놈은 코를 처박아도 황금 덩어리라고 하더니만. 으흐흐흐.’

화이트 문으로 진행하는 달을 보며 그렇게 혼자 음흉한 웃음을 짓고 있을 때, 뒤에서 인기척이 느껴졌다.

“아! 여기 계셨는가?”

베르누크는 표정을 싹 바꾸고 무게를 잡은 채 고개를 돌렸다. 밀리예프 후작이었다.

"험. 반갑습니다, 후작 각하."

"각하는 무슨, 지금은 그저 손님으로 온 것이거늘."

"그렇다 하더라도 동부의 수호자라 불리는 후작 각하를 손님으로 대할 담력은 없습니다."

"호오~ 듣기와는 상당히 다르군."

조금은 경직되고 딱딱하게 예의를 갖춰 말하는 베르누크의 모습에 밀리예프 후작은 작게 고개를 주억거리며 말을 이었다.

"괜찮네. 아마 자네 나이와 내 아들의 나이가 비슷하지? 그 나이면 제 앞가림은 충분히 할 나이지."

편하게 대하라는 말보다 더 무서운 말이다. 노회한 자를 상대함에 베르누크는 바짝 신경을 곤두세워야만 했다.

CHAPTER
08
영지 발전 5개년 계획

Knight King

밀리예프 후작은 당사자의 생각은 별로 중요치 않다는 듯이 베르누크의 위아래를 연신 훑어보았다. 믿을 수 없기 때문이다.

걸어 다니지도 못할 정도로 뚱뚱해야 정상이다. 그게 정보 길드에서 얻은 정보니까. 키도 190센티미터 정도여야 정상이고 말이다.

하지만 멀쩡히 걸어 다니고 있다. 키도 190센티미터가 무슨 말이냐, 2미터는 족히 넘어 보인다.

한마디로 생김새 그 자체가 위압적이라는 말이다. 평소 기사들과 어울리기를 주저 않는 밀리예프 후작인지라 강단이 있어서 아무리 크더라도 그리 위축됨이 없을진대 이건 커도 그냥 큰 게 아니니 절로 몸이 움츠러들 지경이다.

자신의 세상 보는 눈이 잘못되었음을 여실히 느낀 밀리예프 후작이었다. 그런 생각이 들자 절로 웃음이 지어졌다.

'베르누크 아이젠 남작, 이거 물건일세. 아들놈과 비슷한 나이일진대 다르군. 마치 노회한 능구렁이를 대하는 듯해. 역시 소문이라는 것은 믿을 것이 못 된다는 것인가?'

밀리예프 후작은 느끼고 있었다. 자신이 최상급에 이른 기사이지만 자신조차 쉽게 가늠할 수 없는 묘한 이 기분. 그냥 덩치 큰 평범한 영주처럼 보였다.

'보이는 대로 평범하거나 나를 뛰어넘었거나. 하나 나를 뛰어넘었다고 하기에는 너무나도 젊다. 결론은 평범하다는 것인데……'

하지만 노회한 밀리예프 후작은 직감적으로 결코 보이는 것이 다가 아님을 느낄 수 있었다.

"자네 나랑 의형제 맺지 않겠나?"

"예?"

밀리예프 후작이 마치 허를 찌르듯 대뜸 그렇게 말했다. 아무리 베르누크라고 해도 놀랄 수밖에 없었다.

"뭘 놀라? 의형제를 맺자는데?"

“음, 좀 당황스럽습니다. 나이 차도 있고, 작위 차이도 있고, 좀 그렇잖습니까?”

“무슨 말을. 자고로 사내란 뜻이 맞으면 나이와 직위가 무슨 상관인가?”

밀리에프 후작은 뻔뻔한 정도로 말은 잘했다. 그렇지만 베르누크는 여전히 경계를 늦추지 않고 생각했다.

‘의형제라……. 좋기는 하다만 과연 저 양반이 무슨 의미로 아들뻘인 나와 의형제를 맺자고 하는지 모르겠군. 소문이 사실이었던가?

밀리에프 후작에 대한 소문.

그는 마음만 맞는다면 직위 불문, 나이 불문하고 사귀기를 좋아한다는 것이다. 하지만 베르누크는 그것을 믿을 수 없었다.

그럴 수밖에 없었다. 호탕한 것은 인정하지만 작위와 나이는 역시 무시할 수 없다. 아니, 오히려 나이가 들수록 작위에 더 연연하는 것이 사람이고 귀족이다. 한데 무슨 이유로 이러는지 머리가 어질어질한 베르누크였다.

‘이 양반, 무섭군. 그냥 대충 찍은 것 같은데. 가만있자, 동부의 수호자와 의형제라……. 내가 조금 밑지기는 하다만 든든한 배경을 둔 셈이 되는가?

카림의 말로는 곧 제국은 난세에 접어들 것이고, 피의 폭풍

이 불어 닥칠 것이라 했다. 현자의 탑의 관측이니 거의 정확하리라. 그렇다면 든든한 연줄을 만들어두는 것도 결코 나쁜 일은 아니다.

"왜, 싫은가?"

"싫지는 않습니다. 그래도 후작님이시고 제 나이가 나이인지라……."

"전자에 말했듯이 남자는 사귐에 있어 그 작위나 나이를 떠난다는 것을 잘 알 터인데 말이지. 흐음. 그래서 못하겠다는 건가?"

"아, 뭐, 형님이 조금 밑지지 않나 해서 말입니다."

"그건 뭐 내가 좀 밑지기는 하지만 그렇게 하도록 하지. 팔자에도 없는 동생이 생겨서 든든하군."

"그렇지 않아도 돌아가신 형님께 해준 게 없어서 섭섭했는데 다행입니다."

밀리예프 후작의 얼굴에 빙그레 미소가 떠워졌다.

"자네 정말 아이젠 가의 이공자가 맞는 모양이구만?"

"아니 그럼 제가 딴 놈인 줄 아셨습니까?"

"뭐, 듣던 것과는 너무 달라서 말이지."

"살을 좀 뺐습니다. 살고자 하니 거추장스럽더군요."

밀리예프 후작은 가재미눈을 하고 베르누크를 바라보았다. 알려진 바로는 300킬로그램에 육박하는 걸어 다닐 수조차 없는 비대한 자다.

한데 버젓이 걸어 다니고 있으며, 300킬로그램은커녕 보기에도 위압스러울 정도의 단단한 몸을 가지고 있다.

이런 경우는 두 가지이다. 세상을 속이고 있거나 진정으로 200킬로그램에 가까운 살을 뺐거나.

"대단하군."

"조금 힘들었습니다."

"그러한가?"

"그렇습니다."

실감을 못하는 밀리예프 후작이었다. 그는 살이 쪄본 적이 없다. 해서 살을 뺀다는 수고로움이 정말 어떠한 결심과 고통을 동반하는지 잘 이해하지 못했다.

"그래 뭐, 당장 중요한 것은 그게 아니지. 어쨌거나 팔자에도 없는 동생이 생겼으니 조카쯤은 소개해 줘야지?"

조카라 함은 아마 같이 온 그리폰 기사단의 단장을 의미할 것이다.

둘이 대화하는 중에 조용히 물러서서 지켜보고 있던 자를 밀리예프 후작이 불렀다.

"알렉, 인사하거라. 지금부터 내 의동생이자 너의 작은아버지가 될 베르누크 아이젠 남작이다."

"알렉세이 밀리예프입니다, 작은아버지."

이미 이런 경우가 흔했던 모양이다. 그 아들마저 거리낌없이 베르누크에게 작은아버지라고 하는 것을 보니 말이다.

어색했다. 자신과 같은 나이의 조카라니. 낚은 게 아니라 어쩌면 낚였을지도 모르겠다. 베르누크의 눈이 가늘어졌다.

'이거 뭐냐? 내가 낚인 거냐? 파닥파닥?'

뭐, 낚여도 좋다. 일단 든든한 후견자가 생겼으니 말이다. 정략적이든 아니면 즉흥적이든 자그마치 동부의 수호자라는 밀리예프 후작가와 호형호제하는 사이가 되었다.

그리고 하나 더. 잊힌 존재의 유희를 돕게 되었다. 돕는 것인지 아니면 도움을 받는 것인지 모를 일이지만 이 정도면 대어를 넘어서 강물에서 참치를 낚은 격이다.

어쨌거나 베르누크의 얼굴에는 시종일관 미소가 떠나지 않았다. 벌써부터 폼 나게 살 조짐이 여기저기서 보이니까 말이다.

베르누크 혼자서 흐뭇한 공상을 하는 동안 축하 파티는 성대히 막을 내렸다.

아이젠 남작령이 준비한 제1회 사설 경매도 성황리에 마무리되었다.

*　　　*　　　*

모든 참가자가 그들의 보금자리로 돌아간 뒤, 베르누크는 영지의 주요 인원들을 불러모아 경매에 관한 정리 회의를 가졌다.

'후우. 앞으로 재정에 대해선 신경을 조금 덜 써도 될 것 같군. 경매와 파티가 잘 되어서 정말 다행이다.'

여기서 성대히라는 말은 엄청나게 많은 돈을 벌었다는 것을 의미한다. 그 의미가 아니고서는 성대히라는 말을 쓸 이유가 없잖은가?

파티 역시 마찬가지다. 당연히 양질의 인연의 끈을 만들었다고 봐도 무방했다.

인연의 끈.

바로 동아줄이다. 인사가 만사라고 인맥이 성공의 지름길이다. 귀족들이 괜히 파티 한답시고 얼쩡거리는 것이 아니다.

게다가 이번 경매와 파티로 인하여 밀리예프 후작가라는 든든한 배경과 잊힌 존재의 협력을 받게 되었으니 대물 낚시에 성공한 것이리라.

물론 둘 다 좋은 목적으로 자신에게 접근하지 않았다는 것은 알고 있다. 그렇지만 베르누크도 선한 목적만은 아니니 피차일반이다.

"경매와 파티가 성공적이어서 다행이야."

"중요한 것은 영주님께서 상당히 든든한 인맥을 만들었다는 것이겠지요."

어느새 다가왔는지 베르누크의 말을 받는 집사였다. 그는 성공적인 경매로 자금난이 해갈되어서인지 선선하고 진중한 본래의 모습으로 돌아와 있었다.

"그런가?"

"그렇습니다. 아마도 밀리예프 후작은 남부의 상황이 이상하게 돌아가자 가문의 기사와 병사들을 단련하고 세력을 확장하는 데 온 힘을 다하고 있는 입장이었을 것입니다. 그 와중에 북부와 서부, 그리고 남부를 돌며 조금 더 확실하게 상황을 파악하고자 하였을 것이고 말입니다. 마지막 북부의 사정을 훑어보고 있을 때 경매 소식을 듣게 되었고, 우연히 이곳에 들르게 되었을 겁니다."

"호오~ 듣고 보니 나는 상당히 운이 좋은 사람이네요."

"그렇습니다. 평소 인사가 만사라는 신념을 가진 밀리예프 후작입니다. 여기저기 친구가 많기로도 유명하고 나름 의동생이나 의형이 많기로 유명하긴 하지만, 아무나 의형제를 맺는 것은 아닙니다. 꼭 필요한 사람이어야 하지요. 또한 이용 가치가 있어야만 하고요."

"여우같은 늙은이로군."

"그것이 세상을 살아가는 방법입니다. 해서 밀리예프 가문은 동부의 수호자가 되었습니다."

집사의 말에 고개를 주억거리는 베르누크였다. 인정한다. 여우같지 않으면 살아남기 힘들다. 하지만 그렇게 조언하는 집사에게도 밝히지 않은 것이 하나 있었다.

바로 드래곤, 혹은 잊힌 존재라고 불리는 존재. 그 존재를 영입했다는 것은 집사에게도 비밀이었다.

단지 집사에게는 경매장에서 만나 아이젠 남작가에 의탁하기로 한 마법사 정도로 알렸다. 그것만 해도 집사는 눈물을 흘릴 지경이었다.

어찌 되었든 상대적이기는 하지만 베르누크는 월척을 두 마리나 낚아 올렸다. 거기에 이제는 경매로 벌어들인 자금으로 자신이 생각하는 방향으로 영지를 이끌어 나갈 수 있었다.

마탑이 있고, 기사단이 있으며, 현자들이 있다. 물론 영지민도 중요하다. 제일 중요한 문제이겠지만 영지민이 적다고 영지가 발전하지 않는 것은 아니다. 상단도 있으니까.

지금은 발전해야 할 단계가 아니라 준비해야 할 단계이다. 준비란, 바로 자금이 들어간다는 단계라고 할 수 있을 것이다.

준비보다 오히려 발전이 돈이 덜 든다. 왜냐하면 스스로 커질 수 있는 여력이 있다는 말은 곧 자생이 가능하다는 이야기이기 때문이다.

준비는 자생이 안 된다. 이끌어야 하고 깨고 부숴야 한다.

그 바탕에서 기초를 마련하는 것이니 당연히 자생이 안 된다. 하니 돈이 엄청나게 들어간다.

해서 베르누크는 부랴부랴 영지 회의를 마련했다. 모든 것을 독단으로 이끌어갈 수는 없다. 아직 모자라지만 이제 어느 정도 틀을 갖추어 가고 있는 상태이기 때문이었다. 베르누크는 미리 준비한 물건을 영지 회의에 참석한 이들에게 나누어 주었다.

그에 가장 먼저 반응을 한 것은 역시 군사장으로 있는 카림이었다.

"무엇입니까?"

"영지 발전 5개년 계획입니다."

"새마을운동?"

"그렇습니다."

"무슨?"

"일단 읽어보고 의문 사항을 질문 받겠습니다."

회의의 격에 맞게 베르누크가 평소답지 않은 존대로 회의를 주관했다.

새마을운동은 영지 발전 계획의 핵심이었다. 바로 아놀드 험프리 경의 회고록에서 얻은 중요한 이계의 지식이었고 말이다.

그래서 베르누크는 새마을운동을 영지 발전 계획의 근간

으로 잡았다. 영지민이 적은 만큼 영지민을 정예화해야 한다. 영지 발전 5개년 계획을 읽고 여기저기서 이런저런 의견이 나왔다.

"마을을 정비하는 것은 이해하겠습니다. 길을 넓히고 연결하는 것도 이해하겠습니다. 하지만 대체 왜 영지민을 교육시켜야 하는지는 모르겠습니다."

"당장에 먹고살기도 바쁘다 합니다. 그들을 교육시키면 반란을 도모할 수도 있습니다."

"영지민이 우매하면 다스리기 편하겠으나 영주는 안일하게 되겠지요. 평화로울 때 전쟁을 준비하는 법입니다. 또한 교육이라는 것은 영지민이 빠져나가는 것을 방지할 것입니다."

"이해가 안 됩니다."

베르누크가 제안한 새마을운동에 대해서 이해를 하지 못하는 가신들이었다. 가신이라고 해봐야 고작 집사와 군사, 기사단장과 마탑주가 전부였으나 그들이 새롭게 변할 영지의 핵심이었다.

"저를 믿습니까?"

"그야……"

"당연히…….."

"하면 저를 믿고 따라주시기 바랍니다. 반드시 짧은 기간 안에 그 성과를 보일 것입니다."

이들은 아직 정확하게 새마을 운동의 핵심을 파악하지 못하고 있었다.

어찌 되었든 우려와 반대의 목소리에도 불구하고 새마을 운동은 아이젠 남작령 전역에 반 강제적으로 실행되었다.

마을과 마을에 길이 연결되었다. 작게는 8미터, 크게는 16미터까지 널찍널찍하고 촘촘하게 길이 연결되었다.

"대체 이런 길을 놔서 뭘 어쩌겠다고."

"그래도 품삯을 주니 다행이잖은가?"

"그렇기는 하지만 도대체 이해할 수가 없구만."

다음은 농지가 정리되었다. 이리저리 구불구불하게 대충대충 되어 있던 농지가 체스 판처럼 구획화되었다.

"어허, 이리 정리를 해놓으니 멋지구먼."

"허허, 이제는 물 때문에 싸울 일 없어 좋게구먼."

농사법이 개량되었다. 인간과 가축의 오물을 이용한 비료법이 개발되었고, 윌과 콩을 이용한 농사법의 개발과 지력 향상 방법이 개발되었다.

"어허, 이런 방법이. 한데 정말 성공할까?"

"뭐, 영주님께서 실패하면 세금을 면해주신다고 하니 하긴 하네만."

"밑져야 본전 아니겠는가?"

“그건 그렇지.”

의무교육이 실시되었다. 따르지 않으면 노역형이 주어졌
고, 심한 경우에는 영지에서 추방되었다.

처음에는 남녀노소 가릴 것 없이 모두 의무교육을 이수해
야 했다. 덕분에 낮에는 농사를, 밤에는 교육을 의무적으로
받아야 했다.

아이들은 농사에서 제외되었다. 물론 의무교육이 끝나는
오후 세 시 이후에는 어떻게 하든 상관없지만 그전까지는 반
드시 참여해야 했다.

“허이고. 대체 이게 무신 일이여. 일할 사람이 없구만.”

“그러게 말일세. 이제 겨우 정신 좀 차리나 했더만. 귀족들
이란… 쯧쯧.”

새로운 농사 기구도 개발되고 개량되어 보급되었다. 넓지
도 않은 남작령이다. 가신도 없는 남작령에 그깟 새로운 농사
기구를 보급하는 데 얼마나 시간이 걸리겠는가?

유능한 마법사와 뛰어난 병사들이 많지 않은가? 좋은 인력
썩히면 벼락을 쫓아가서 맞는다는 베르누크의 사상 아래 절
대 노는 시간 없이 마구 굴려졌다.

영지가 그렇게 조금씩 바뀌기 시작하면서 그 변화는 점점
가속화되기 시작했다.

우선 주거지가 정비되었다. 여기저기 오물이 굴러다니던

것을 완전히 갈아엎었다. 동서남북으로 큰 대로를 건설했다. 그리고 치수가 이루어졌다.

대로라는 건 별것 아니다. 땅을 평평하게 다져서 그 위에 평평한 돌을 박아 넣는다. 좌우로 12미터 정도로. 팔두마차가 왕복하고 남을 폭이다. 그리고 그 좌우로는 가로수를 심고, 가로수 밑으로는 고대 로마시대처럼 상하수도를 설치했다.

이 시대의 영주의 권력은 대단하다. 조세, 군사, 법률 그 모든 것이 영주에게 귀속되어 있었다. 영주만큼 강력한 권력은 없다 할 것이다.

영주가 관리하는 영지 그 자체가 영주의 왕국이니까 말이다. 강제로 시행하면 된다. 덕분에 베르누크의 새마을운동은 점점 더 가속화되어 가고 있었다.

'이럴 때는 휘하에 가신이 없어서 정말 다행이라고 해야 하나?'

강제로 행한 자신의 정책. 만약 휘하에 가신이 더 있었다면 불가능했을지도 모른다. 그래서 베르누크는 크게 가슴을 쓸어 내렸다.

*　　　*　　　*

농지와 영지성의 개량은 그렇게 시작하고 또 그렇게 끝이 났다. 물론 모든 일은 동시다발적으로 발생했다. 새마을운동과 영지 개발, 그리고 군사 개혁과 행정 개혁이 말이다.

군사 개혁은 별달리 한 게 없다. 그냥 병력을 충원하고 기사들을 충원한다. 병사와 기사들을 훈련시키고 정기적으로 메이플라이 산에 들어가 실전 훈련을 실시한다. 덤으로 얻는 것도 조금 있다. 아니, 많다.

그때 용병들도 같이 모집하는데 그들을 무슨 방법을 써서든지 영지에 눌러앉힌다. 돈으로 유혹도 하고, 검술로도 유혹하고, 안정된 직장으로도 유혹하고. 물론 가장 먼저 보는 것은 인간성이다.

그리고 정기 훈련 뒤에는 언제나 사설 경매장이 들어섰다. 그러니 유동 인구가 늘어나고 유입 인구가 늘어나면서 조금씩이지만 영지민이 늘었다. 적지만 조금씩 영지민이 늘어난다는 것은 세수가 증가한다는 것이니 돈이 들어온다는 이야기다.

물론 사설 경매장만으로는 이 모든 것을 감당할 수 없다. 당연히 이미 짐작하고 있겠지만 나름의 어용 상단이 있다. 영주에 의한, 영주를 위한, 영주만의 상단. 그런 좋은 상단을 그냥 놀릴 수는 없다.

그리고 그 상단의 상단주는 베르누크의 큰조카인 제닝스

의 친구이다. 그는 진정으로 성심성의껏 상단을 운영했다. 하지만 상단이라 하여도 팔 물건이 있어야 한다. 단일 품목으로는 상단이 커지기 힘들다는 것은 예나 지금이나 마찬가지.

'아, 뭐 없을까? 간단하면서도 실용적인 것 말이지.'

경매장과 몬스터의 부산물은 재정에 큰 도움을 주었지만 품목이 단조롭다 보니 재정에 한계를 느끼게 되었다.

그렇게 고민하던 중 우연히 생각난 것이 바로 비누라는 것이다. 베르누크는 우선 시험적으로 한 개 만들어봤다.

그리고 그것을 현 아이젠 상단주인 패트릭 스웰던에게 보여주었다.

"이것이 무엇입니까?"

"비누라는 것이네."

"비누입니까? 한데 어디에 사용하는 것입니까?"

네모난 비누의 요모조모를 살펴보는 스웰던 상단주다. 냄새를 맞아보기도 하고 손가락으로 문질러 보기도 한다.

"보여주지."

그에 베르누크는 일부러 손을 더럽힌 후 미리 받아놓은 물에 손을 담가 물을 적시고 비누로 손에서 거품을 낸 후 손을 씻기 시작했다.

그리고 옆에 린넨 천을 들고 있던 시종에게 천을 건네받아 손을 닦아냈다.

"자아, 어떤가?"

"오오!"

스웰던 상단주의 눈이 커졌다. 확실히 상품성이 있어 보인다. 아니, 선풍적인 인기를 끌 것이 틀림없었다.

"이것을 귀족용과 평민용으로 나누어서 판매할 작정이네. 어떠한가?"

"마, 만드는 방법을 아십니까?"

기실 비누를 만드는 방법은 간단하다. 아니, 지금도 사용하고 있다고 할 수 있다. 비누라는 것은 아니지만 양잿물이 그것이니 말이다.

귀족가에서는 마법사를 이용하기도 하지만 대부분은 양잿물을 이용하거나 양잿물을 가라앉혀서 빨래를 하고 세수를 하고 있는 판국이니 말이다.

수지? 몬스터 사냥을 그냥 하는 것은 아니지 않는가? 거기서 수지를 얻는다. 그리고 수산화나트륨? 그거야 잿물이 있지 않은가? 불에 타고 남은 재에 물을 붓고 걸러내면 수산화나트륨이 된다.

우선 수지를 체에 걸러 찌꺼기를 제거한다. 그다음에 적당량의 수지를 네모난 상자에 넣고 잿물을 투여하고 살살 저어준다. 수지의 양과 젓는 속도를 일정하게 하고 잿물의 양을 다르게 하여 비누를 만드는 데 굳는 속도, 단단한 정도를 비교한다.

잿물의 양을 다르게 하여 가장 적당한 비율을 찾고, 수지의 양과 젓는 속도, 잿물의 양을 동일하게 하고, 그늘, 햇빛, 창고, 화덕 등 건조 장소를 다르게 하여 비누의 단단한 정도를 비교한다. 이렇게 해서 만든다.

중요한 것은 중간에 향을 넣어야 한다. 그것도 아주 많이. 몬스터의 수지 냄새가 장난 아니니까. 그걸 얼굴에 바르고 싶은 생각은 절대 없으니 말이다.

그렇게 만들어지는 것이 바로 비누다. 결론적으로 이 비누라는 것은 몬스터의 부산물과 함께 영지의 재정을 단단하게 해주는 결정적인 무기가 되었다.

몬스터의 부산물과 마정석과 비누는 이 무너져 가는 남작가를 일으켜 세우고 부유하게 만들기에는 충분했다.

하지만 세상일이라는 것이 꼭 그렇지만은 않다.

'후우~ 이거야 원. 들어오는 족족 빠져나가는군.'

참으로 어처구니없게도 많은 자금을 벌어들이고 있지만 또한 그 못지않게 많은 돈이 지출되었다. 현기증이 날 정도로 말이다.

그중 가장 큰 지출이 바로 병력 양성에 있었다. 이 시대의 병사 제도는 의무 복무가 기본이다. 보통 영지마다 다 다른데, 길게는 20년, 짧게는 15년이었다. 이건 의무 복무가 아니라 그냥 병사라는 것이 하나의 직업이 되어 있는 것이다.

직업군인이라는 말과 다르지 않을 것이다. 중요한 것은 그러한 직업군인의 개념임에도 불구하고 일정한 급료가 없다는 것이다.

영지민으로서 당연히 해야만 하는 무료 봉사인 셈이다. 물론 먹여주고 재워주긴 한다. 결혼 한 병사는 출퇴근을 하기도 한다.

하지만 그리되려면 적어도 10년 이상 복무해야 한다. 계급은 없다. 그냥 10년 이내면 하급병, 10년 이상이면 상급병이다.

하급병은 솔직히 제대로 된 급료를 받기 힘들다. 악덕 영주 같은 경우는 그 급료에서도 식대와 장비 따위의 비용을 공제했다. 그러면 대체 얼마의 급료를 받느냐가 중요한데 솔직히 뭐라 말을 할 수가 없다.

개념은 가장 낮은 단위가 쿠퍼고 다음이 실버, 다음이 골드다.

어쨌거나 1년 내내 있어봐야 고작 4골드 80실버다. 정말 쥐꼬리만 하지 않는가? 저기서 또 식비니 장비 대여료니 해서 빠져나간다.

이 시대의 사람들은 아침, 점심, 저녁을 다 먹지 않는다. 늦은 아침, 늦은 저녁이면 땡이다. 점심이라는 개념이 없다는 것이다.

보통 식당에서의 식사가 500쿠퍼 정도 한다. 두 끼니면 1,000쿠퍼. 한 달 장비 대여료가 500쿠퍼. 침실 제공료가 1,000쿠퍼. 일당 1,000쿠퍼 중 남는 것은 없다. 오히려 빚을 지게 되는 경우가 태반이다.

그러니 어쩔 수 없이 상인이나 주민들에게 돈을 뜯어낼 수밖에 없는 구조가 된 것이다. 안 뜯어내면 생활이 안 되니까.

그런 의미에서 베르누크는 카림을 찾아가 작성한 서류를 내밀었다.

"이건 또 뭡니까?"

"군 개편안."

"흠. 병사를 초급병, 하급병, 중급병, 상급병으로 나누며, 숙식 무료 제공 및 무료 장비를 지급한다. 모든 병사들은 각 계급에 맞는 급료를 지급하며, 초급병 일당 1,000쿠퍼, 하급병 일당 1,500쿠퍼, 중급병 일당 2,000쿠퍼, 상급병 일당 2,500쿠퍼로 한다. 또한 휴가를 일 년에 두 번씩 준다."

"어떤가?"

"취지는 좋습니다만 과하지 않겠습니까? 하물며 휴가라면 부대를 이탈하지 않을까 걱정입니다."

"정말 그렇게 생각하나?"

"그렇지 않겠습니까?"

"흠. 그럴 수도 있겠으나 그러지 않을 가능성이 더 클 것이다. 그들의 가족이 모두 여기 있는 이상은 말이지. 그리고 과거보다 훨씬 더 살기 좋아지고 있으니 말이지."

"으음. 이건 좋은 것 같습니다. 상급병에게 직업 병사로 전환할 수 있는 기회를 제공하는 것은 말입니다."

"직업 병사나 혹은 기사 후보라고 해야겠지."

직업 병사라는 것이 사실은 별것 아니다. 그냥 눌러앉느냐 아니면 그만두고 새로운 직업을 찾느냐 정도의 경계이니 말이다.

하지만 직업 병사의 의무병과는 확연히 달라진다.

적어도 하루 일당 5실버이니 당연하다. 게다가 기사가 될 기회를 제공한다. 능력껏 영지에서 제공하는 마나 호흡법과 병기술을 익힐 수 있게 된다. 기사가 되기 위한 바로 전 단계라고 할 수 있을 것이다.

이렇게 해서 병력과 기사들의 수를 늘린다. 거기다 영주에 대한 충성심도 늘리고 말이다. 그야말로 일석이조의 효과라는 것이다.

기사들은 기사들대로 나름 기분 좋은 일이다. 자신의 절기를 전해줄 제자가 생겼으니 말이다.

그렇게 기사가 되면 가족처럼 끈끈해진다. 배신이라는 말이 무슨 말인지 모를 정도로.

　물론 가끔 되도 않는 유혹에 넘어가는 사람이 있긴 하지만 그래도 다른 이들보다는 믿을 만하지 않은가.

　그것은 방을 붙여 병사들을 모집하는 것보다 더 큰 파급효과를 지녔다. 그러다 보니 당연히 주민들에게 민폐를 끼치거나 삥을 뜯는 일이 줄어들고 종내에는 아예 없어졌다.

　아주 건전한 효과일 것이다. 베르누크가 바라는 효과이고 말이다.

　그리고 또 하나의 무력인 마법사 문제는 일단 비만 도마뱀에게 맡겨놓기로 했다. 알아서 지지든지 볶든지.

　비만 도마뱀만 있는 것이 아니라 집사도 있고 스토리지 자작도 있다. 그리고 비만 도마뱀이 스스로 잘 알아서 할 것이다. 심심해서 나왔으니 스스로 심심하지 않을 궁리를 하리라.

＊　　　＊　　　＊

　"으다다다닷! 으아! 대충 서류 결재가 끝난 것인가?"

　베르누크는 책상 한쪽 편을 무단으로 차지하고 있는 서류 더미를 노려보며 싱긋 웃었다. 뿌듯한 웃음이다.

　처음 지하 연무장에서 기어 나올 때는 서류가 거의 없었다. 결재할 것이 없었기 때문이다. 하지만 지금은 읽어야 할 것도 있고 머리를 써서 고민해야 할 것도 있었다.

그만큼 할 일이 늘었다는 것은 영지가 점점 달라지고 있다는 것을 의미하는 것이다.

그래서 뿌듯하다. 달라지고 있다. 더 좋아지고 있다. 조금만 더 일찍 했더라면 하는 생각이 든다.

아련하게 회상에 접어들 때쯤 바쁜 귀신을 뒤로하고 군사카림이 집무실의 문을 열고 들어섰다.

아련한 눈빛이 어느새 잡아먹을 듯 변하며 카림을 바라보았다. 아니, 카림을 바라보는 것이 아니라 그가 두 손으로 들고 들어오는 서류를 째려보았다.

"벌써 다 결재하셨습니까?"

"손목 운동인데, 뭐."

"클. 이번에는 눈 운동과 두뇌 운동을 하셔야 할 듯합니다."

"그동안 취합된 정보인가?"

"그렇습니다."

"내려놔."

"끄응!"

쿵!

묵직한 소리를 내며 들고 있던 서류를 내려놓는 카림이다. 베르누크는 재빨리 가장 위쪽의 두툼한 서류뭉치를 내리고 손가락에 침을 바르더니 한 장 한 장 넘기며 읽었다.

"읊어봐."

"뭐를 말입니까?"

"다 읽어봤을 것 아냐? 읽으면서 들을 테니 생각을 말해보라고."

이젠 별로 놀랍지도 않다는 듯이 카림이 선선히 고개까지 끄덕였다. 어찌 보면 오히려 베르누크는 자신보다 더 앞날을 내다보는 혜안을 가지고 있다. 군사적인 지식 역시 마찬가지였다.

처음에는 놀라고 또 놀랐다. 적어도 자신은 현자의 탑의 전대 탑주가 아니었던가? 마법사라 해도 지식으로는 자신을 당할 자가 별로 없었다. 하지만 저 의뭉스러운 곰 같은 자신의 주군에게는 번번이 당하기만 한다.

그것도 한두 번이지 매번 당하니 이제는 지친다. 해도 해도 못 넘을 산이 있다는 것을 새삼 깨닫게 되는 카림이었다. 하지만 그것이 오히려 그에게는 자극이 되었다.

그 자극이 아주 좋게 작용했다. 오만했던 현자의 탑의 일원들. 그들은 머리가 빠개지도록 열심히 일하고 공부했다. 자신도 역시 마찬가지다.

그런데 매일 매시 이죽거리며 자신들의 자존심을 박박 긁어대던 영주는 어느 날 갑자기 그 일을 멈췄다.

그래서 어느 날 카림은 참지 못하고 물었다.

"요즘 왜 조용하십니까?"

"왜? 더 갈궈줘?"

"아니, 뭐, 그런 것은 아니지만 말입니다."

"현자의 탑이 왜 망했는지 알아?"

"크음. 말이 좀 이상하긴 하지만 왜입니까?"

"간덩이가 부어서 망한 거야."

"예?"

"사람 위에 사람 없고 사람 밑에 사람 없다는 기본 사상은 좋은데 과연 현자의 탑에 있는 현자들이 그렇게 행동을 했느냐가 문제지. 그렇게 했어? 안 했지? 은근히 간덩이가 부어서 턱 치켜들고 있었지? 갈비뼈만 앙상하고 축축 처져서 껍질만 있는 가슴만 내밀고 있었지? 평민에게도, 농노에게도, 자유민에게도, 용병에게도 그렇게 대했을 것 아냐?"

카림은 할 말이 없었다. 그렇지 않다고 단언할 수가 없었던 것이다.

베르누크가 혀를 쯧쯧 차더니 말했다.

"자신이 최고라는 자신감은 좋으나 홀로 최고라는 자만심은 파국으로 치닫게 하지. 지금 여기 모여든 현자들, 그들은 탑이 망했음에도 여전히 간덩이가 부어 있었어. 스스로를 돌아볼 줄 알아야 하는데 아니었지. 무엇이 자신을 위한 것인지, 무엇이 사람을 위한 것인지 모르는 바보천치들만 모여 있었던 거지."

그 말에 크게 깨달았다. 자신들은 입으로만 행동하고 있었다고. 대접 받기 위해서는 먼저 대접을 해줘야 하는데 언제나 대접 받기만 했다고.

그 후로 현자들은 더욱 낮은 자세로 모든 일에 임했다.

그래서 더욱 놀랐다. 이것이 정말 세월의 힘인가 하는 생각도 했다. 하지만 아직도 장담할 수가 없었다. 이 의뭉스러운 곰탱이 형상을 한 여우의 생각을 말이다.

"생각 그만하고."

"아! 큼큼. 보고하도록 하겠습니다."

베르누크의 경고에 재빠르게 현실로 돌아온 카림이 조곤조곤하게 제국의 상황을 보고했다. 그가 말한 현재 제국의 상황은 이러했다.

히르센 제국은 무려 천 년을 지켜온 북 대륙의 패자다. 그 자리이 서서히 균열이 가고 있었다.

그 균열의 시작은 바로 황실에서부터였다.

현재 수도 황실을 좌지우지하고 있는 계파는 두 개다. 대공파와 귀족파.

대공파의 중심은 첫 번째 황후의 오라버니인 31세의 카바노크 대공이다.

원래 그의 여동생은 세 번째 황후 자리에 있었다. 그러나

그녀가 황후가 된 후, 첫 번째와 두 번째 황후 모두 시름시름
앓다 죽어버렸다.

그 죽음에 대해 왈가왈부 말이 많았으나 심증일 뿐 물증이
없었기에 결국 그녀가 첫 번째 황후가 되는 것은 아무도 막을
수 없었다.

자연스레 차기 황제가 될 가능성이 가장 높은 그녀의 아들,
황태자를 지지하는 자들이 모여 들었다. 그 중심에 선 카바노
크 대공의 주위로 권력을 바라는 이들이 몰려 대공파가 형성
된 것이다.

반면에 귀족파는 행정 수반인 재상으로 있는 이오시프 세
르게예비치 공작을 중심으로 모인 귀족과 일단의 마법사의
모임이다. 그들은 첫째 황후의 소생인 일황자를 지지한다.

그들에게는 정통성을 잇는다는 명분이 있었다. 하지만 이
미 황태자로 임명된 삼황자가 있기에 그 정통성에도 문제가
생겼다. 황태자를 부정하는 것은 현 황제를 부정하는 것이고
제국을 부정하는 것이니까.

물론 물러터지고 황음에 젖은 황제 탓에 현재 강력한 황권
이 없어 흔들리고 있는 제국이다. 오랫동안 제국을 지탱해 온
귀족인 만큼 그 잠재력은 대공을 지지하는 군벌 세력과 비견
하여 전혀 뒤처지지 않는다.

귀족을 중심으로 한 세력인 덕에 귀족파의 세력을 받쳐 주

는 금력은 실로 대단했다. 대공을 중심으로 한 군벌 세력에 맞서며 정쟁의 축을 이룰 수 있었던 것 역시 그러한 금력이 뒷받침해 줬기 때문이다.

하나 그러한 금력이라는 것이 꼭 정당한 방법으로 벌어들이고 쓰이는 것은 아니었다.

작금에 이르러 귀족이라는 것은 돈으로 살 수 있었다. 삼십만 골드면 남작의 작위를 사기에 충분했다.

백만 골드면 계승 남작의 작위를 가질 수 있다. 또한 행정 관청의 관리로도 등용될 수 있다. 물론 그것이 재상이 관리하는 행정적인 조직에서만 그러한 것은 아니다.

군부 역시 다르지 않다. 똑같다. 서로 죽이지 못해 안달이 난 상태. 황제는 이미 유명무실하다. 하지만 그나마 황제가 있는 것은 명분이라는 것을 잡기 위해서, 치열한 수 싸움에서 이기기 위해서일 것이다.

현재 황실이 그러하다. 황실이 그러한데 제국에서 살아가는 제국민의 삶은 어떠할 것인가? 황실의 권력이 지방에 전해지지 않고 돈 있는 자들이 권력을 잡고 갖은 패악을 일삼는다.

정해진 세금은 이미 유명무실해졌으며 영주들이 매긴 세금을 내지 못해 노예가 되거나 유리걸식하며 제국을 떠돌았다. 그들이 산적이 되었고, 도적이 되었다.

끼니를 잇지 못해 굶어 죽은 자가 도처에 쌓이기 시작했고, 풀뿌리라도 캐 먹기 위해 산으로 들어가 몬스터에게 죽임을 당하는 일이 부지기수로 일어났다.

결국 그러한 행정 관리와 귀족들의 전횡으로 인해 벌어진 것은 바로 반란.

무지하고 할 줄 아는 것이라고는 땅 파는 재주밖에 없는 평민들이 들고일어났다.

처음에는 아주 작게, 경비대나 혹은 자경대만 출전해도 진압될 정도의 작은 민란이었다. 하지만 점점 커졌다. 점점 더 체계화되었다. 결국 그것이 커져서 현자의 탑에서 반란을 일으켰고, 3년 만에 진압되었다.

하지만 반란의 불씨는 여전히 남아 있었다.

현자들이 주체가 되어 일으킨 플레모의 난이 진압된 지 10년 만에 다시 거센 불길처럼 반란이 일어났다.

그렇게 베르누크가 영지를 발전시키기 바빴던 지난 5년 동안 제국의 정세는 급변했다.

급격하게 변하는 아이젠 영지보다 더 빠르고 더 급박하게 변해가고 있었다. 좋은 방향이 아닌 지극히 나쁜 방향으로.

CHAPTER
09
농민의 난!

Knight King

"결론은 지금 제국은 난리통이라는 이야기네?"

"쩝.. 그렇습니다."

단 한 마디로 길고 긴 설명을 명쾌하게 정리하는 주군이 너무나도 대단해 보였다.

"뭐, 이제 슬슬 망할 때도 됐지."

여전히 서류를 뒤적거리며 아무렇지도 않게 말하는 베르누크. 이미 예상한 일이다. 무려 천 년이다. 천 년 동안 안 망하고 잘 버텨왔다. 꽃이 필 때가 있으면 질 때도 있는 법이다.

천 년 동안 지지 않았던 천년화가 이제 시들해지고 서서히 꽃잎을 떨굴 때가 된 것이다.

고래로 친 년을 버틴 나라는 없다. 길어봐야 500년에서 700년 정도? 그러니까 제법 오래 버틴 것이다.

"그럼 우리도 슬슬 준비할 때가 되지 않았습니까?"

"준비는 지난 5년간 충분히 했다고 생각하는데?"

"영지민이 너무 적습니다."

"그래도 단단하잖아."

"단기전이면 몰라도 장기전은 어렵습니다."

"하긴 그게 좀 문제이긴 하지."

"그렇습니다."

"슬슬 유민이 늘어날 때도 됐는데."

"작년 초부터 꾸준히 늘고 있습니다."

"정착시켜."

"그렇게 하고 있습니다만, 그렇다 하더라도 영지민이 너무 적습니다."

베르누크는 검지로 눈썹을 긁적거렸다. 하긴 그렇다. 물론 모든 전쟁과 전투가 머릿수로 하는 것은 아니다. 하지만 인해 전술에는 장사 없는 법이다. 아무리 단단하더라도 계속 치면 무너지게 마련이다.

물론 치다가 지칠 정도로 단단하면 이긴다. 그런데 그만큼 단단하기가 어렵다. 영지 전체에 성벽을 쌓을 수는 없는 법이다.

그동안 영지민을 꾸준히 늘렸다. 새마을운동을 하며 농노를 해방시켰다. 노예도 해방시켰다.

원래 사람이 아니라는 이유로 영지민 숫자에도 들어가지 않았던 그들이 정식으로 영지민이 되었다.

베르누크가 처음 영지 운영을 시작했을 때 2만이었던 암울한 숫자가, 농노와 노예를 해방시켜 평민으로 신분을 상승시키니 5만으로 늘어났다. 아주 작은 시 정도의 규모가 된 것이다.

물론 반대급부도 많았다. 아무리 평민이라고 해도 철저한 신분제의 사회에서 꼭 티내는 놈들이 있으니 말이다.

하지만 영주는 절대의 존재였다. 감히 그러한 불평불만을 함부로 내뱉을 수는 없었다. 그렇다 하더라도 가만히 놔둬서는 안 된다. 그런 자는 분명 나중에 영지의 단결을 쪼개는 잠재적인 불화 요소니까 말이다.

그래서 교육이 필요한 거다. 뭐, 선동정치는 아니지만 영주님, 우리 영주님 정도는 해줘야 하지 않겠는가? 교육은 성공적으로 정착했다. 5년이면 산의 절반이 깎여 나갈 시간이지 않는가?

그리고 떠돌아다니는 유랑민이 한두 명씩 영지에 정착하고, 몬스터 토벌에 참여한 용병들을 주저앉히고, 별의별 수단을 다 강구해서 늘린 인구가 겨우 6만이다.

모자라도 한참 모자란 수치라고 할 수 있다. 어엿한 남작의 영지라고 하면 적어도 10만에서 15만의 인구수를 가져야만 한다. 카림이 저렇게 방방 뛰는 이유가 다른 게 아니다.

"그건 어쩔 수 없잖아. 영지민이라는 것이 강제로 늘린다고 해서 늘어나는 것도 아니고 어디서 납치해 올 수도 없고 말이지."

하긴 그렇다. 물론 살기 좋아지면 당연히 영지민이 늘어날 것이지만 다른 곳보다는 조금 더 살기 좋을 뿐이다. 5년 동안 많이 변하기는 했어도 천지가 개벽할 정도는 아니다.

"어쨌든 지금 세상이 진흙탕이라는 말인데……."

"그래서 준비를 해야 한다는 말입니다."

"남부의 난이 북부까지 올라오기는 조금 어려울 테고, 올라와도 이 먼 벽촌까지 올라오다가는 숨이 차서 제풀에 죽을 것이고, 어쩌면 동부 쪽에서 구원 요청이 올 수도 있겠군."

조심스럽지만 강력하게 주장하는 군사장 카림을 보고는 피식 웃어버리는 베르누크였다.

카림의 나이 34세. 아직까지는 공명을 탐하는 나이라 할 것이다. 물론 서른여섯 살이나 처먹은 자신도 공명을 탐하니 당연한 것이라 할 게다.

"흐음. 동부라……. 아직까지 한 번도 써먹어보지 못한 인연이 나를 역사 속으로 발을 들이게 하는구만."

"빚을 지우 것이라고 생각하시면 될 듯합니다."

"빚을 지운다……. 그 양반이 빚이라고 생각할까? 워낙 의뭉스러워서."

"상관없습니다. 이미 50 중반이 다 되어가고 있습니다. 빚은 그 후대에도 지속될 가능성이 높으니 말입니다."

"크크. 그러고 보니 군사도 상당히 흉악한데? 악덕 고리대금업자 같으니라고."

"허, 설마 영주님만 하겠습니까?"

"내가 어때서? 난 너무 착해서 법이 없으면 죽을지도 모를 사람이야. 어쨌든 조만간 동부 쪽에서 사람 한번 오겠구만. 어찌했으면 좋겠나?"

베르누크가 화제를 바꾸자, 카림의 표정도 곧장 바뀌었다.

"이번에는 영주님이 직접 움직이셔야 합니다."

"나하고 자네가 움직여야겠군. 구색을 맞추려면 기사단장까지 포함해서 대충 이천 정도는 가야 되는데. 한 천 명 정도만 가도 좋은데."

"그 정도도 차고 넘칩니다. 기사 스물다섯 명과 경기병 천이면 보병 오천과 같습니다. 결코 약하지 않습니다."

"음. 남은 인원은 어떻게 되지?"

"일단 전투 마탑주님이 영지를 관리하셔야 합니다. 군사부에 있는 열 명의 군사 중 두 명이 더 차출될 것입니다.”

베르누크는 어깨를 으쓱했다.

“뭐, 마탑주가 남는다면 우리 영지의 병사가 모두 가도 상관은 없겠지. 그 양반 혼자 있어도 기웃거릴 놈은 없을 테니 말이야.”

“마탑도 많이 보강되어 그 수가 열두 명에 이르니 충분합니다. 기사단의 공백을 충분히 메울 수 있으니 말입니다. 또한 그들은 전략적으로 아직 선보여서는 아니 될 전력이기도 합니다.”

“경비대는?”

“3,000명으로 경비대장인 베르탄 경이 충실히 임무를 수행할 것입니다. 내성 경비 1,000명, 외성 경비 2,000명으로 하고 있으며, 별도로 기동대 200명을 두고 있습니다.”

“외성이 왜 그리 많아?”

“영지 전체를 경비하는 것이 외성 경비입니다. 실제 외성문은 50명 남짓이고 나머지 인원은 100명 단위로 각 지역을 방어하고 치안을 담당하고 있습니다.”

“그렇군.”

탁!

마침내 서류를 다 읽었는지 격하게 책상에 올려놓는 베르누크였다.

“그럼 당분간은 출전할 기사들과 병사들을 좀 굴려야겠
네?”

“물론 그래야지요.”

“가서 마탑주하고 단장 좀 불러와. 바로 시작하게.”

“알겠습니다.”

군사장이 나가는 모습을 보고 가운데 높다랗게 쌓여 있던
서류를 신경질적으로 책상 모서리로 치우는 베르누크였다.

“점점 더 일이 많아지고 꼬이네. 폼 나게 살아보려고 노력
은 하고 있는데 왜 이렇게 태클을 거는지 모르겠어. 하긴 뭐
내가 늦게 태어난 게 죄인가? 하필 이때 태어나 가지고는. 에
잉~”

그렇게 말하면서도 어느새 일어나 집무실 한쪽 편에 설치
되어 있는 레그 스쿼트로 다가가고 있었다.

집무실에는 이 세계와는 전혀 어울리지 않는, 21세기 지구
에 맞춰져 만들어진 운동기구가 있었다.

베르누크의 올해 나이 36세. 그러나 얼굴과 신체는 여전히
20대에 머물러 있다. 지하 연무장에서의 악착같았던 10년간
의 고련 덕분이다.

베르누크는 그러한 자신을 잃고 싶지 않았다. 이러한 상태
를 오래 간직하고 싶은 욕심이 있었다. 최대한 오래, 누구보
다 젊게 살고 싶었다.

그래서 베르누크가 있는 곳에는 어디든지 이러한 헬스 기구가 있었다.

베르누크는 보고를 듣느라 하지 못한 오늘치의 운동을 땀을 뻘뻘 흘리며 이어 나갔다.

그러는 사이 기사단장인 레너드와 마탑주인 카이시스 라이너가 집무실로 들어왔다.

"허~ 영주님, 제발 체통 좀 지키시지요."

늙수그레하게 모습을 바꾼 카이시스가 상의를 훌러덩 벗어 던지고 근육에 각을 잡고 있는 베르누크의 모습을 보고 한 말이다.

하지만 베르누크는 콧방귀도 뀌지 않았다. 상대가 비록 드래곤이기는 하지만 지금은 자신의 휘하에 있는 마탑주일 뿐이었다. 하기에 그 말투 역시 상당히 친근해져 있었다.

"헹~ 체통이 밥 먹여주는 것도 아니고, 식구끼리 좀 보면 어떻습니까?"

"쯧쯧. 누가 영주보고 귀족이라고 할지."

"놔두세요. 쓸려야 쓸 데도 없는 체통보다는 내가 흘린 땀 한 방울이 더 소중하니까요."

"끄응. 말로는 도저히 영주님을 못 당하겠습니다. 그런데 갑자기 무슨 일로 부르셨습니까?"

베르누크는 근육에 잔뜩 힘을 준 채로 말했다.

“뭐, 이미 알고 계시겠지만 남부에서 난이 일어났어요. 아마도 조만간 우리도 그 진흙탕 속에 발을 담가야 할 것 같습니다.”

“음. 어쩔 수 없는 일이지요. 북부까지 그 난이 번질 수 있으니 말입니다.”

“아마 영지에는 별 영향 없을 겁니다. 워낙 외진 곳이라 오다가 지칠 테니까요. 대신 동부에서 요청이 올 가능성이 높습니다.”

“그 밀리예프 후작가 말입니까?”

“그렇습니다.”

카이시스가 진지해진 얼굴로 되물었다.

“흠. 어찌하면 되겠습니까?”

“일단 단장을 포함하여 기사 25명과 경갑기병 1,000명을 생각하고 있습니다. 상황을 봐서 더 줄일 수 있으면 좋고요. 제가 없는 동안 마탑주께서 영지를 맡아주셨으면 합니다.”

“그야 어렵지 않습니다만, 그 외에 지원할 것은 없습니까?”

“통신 마법사 두 명과 통신용 수정 구슬 두 개, 석 달 분의 식량을 저장할 수 있는 휴대용 마법 배낭을 만들어주셨으면 합니다.”

“상당한 양이긴 하지만 못 만들 것도 아니지요. 충분합니다.”

　마탑주의 단언에 베르누크는 믿음직하다는 듯 고개를 끄덕였다. 곧 기사단장인 레너드를 돌아보았다.

　"그리고 단장은 기사들과 출전할 병사들을 선발하고 좀 빡세게 굴려주세요."

　"참관하시겠습니까?"

　"참관보다는 참여가 좋겠지요?"

　보기에도 시원스럽게 웃어젖히는 베르누크였다. 직접 기사와 병사들과 함께 훈련에 임하겠다는 말이다. 그 웃음이 무슨 의미인지 깨달은 단장 역시 살포시 입꼬리를 들어 올렸다.

　"곡소리깨나 나오겠습니다?"

　"여기서 흘리는 땀 한 방울이 전장에서 흘리는 피 한 방울이니까요."

　"허허허, 훈련이 기대됩니다."

　입맛까지 다시며 다가올 훈련에 기대를 거는 단장이다. 자신도 그 훈련에 같이 참여할진대 묘하게 더 흥분하고 있었다. 그러한 둘의 모습에 마탑주는 알 수 없다는 표정을 짓고 있었다.

＊　　＊　　＊

　다음 날 베르누크는 제이와 함께 기사들의 연무장에 나타났다.

　두 거대한 덩치가 연무장에 나타나자 넓은 연무장이 꽉 차 보였다. 베르누크도 베르누크지만 제이는 베르누크보다 머리 하나가 더 있었다.

　도대체 어떤 종자이기에 저렇게 클 수 있는지 의문이 들 정도다. 보통 2미터가 넘어가면 거인증이라고 해서 얼굴이 이상하거나 혹은 무릎 연골이 좋지 않거나 어깨가 구부정하게 마련이다. 그러나 그러한 낌새는 전혀 없었다.

　“저 두 사람을 보면 참 세상 속설 믿을 게 못 되는 것 같아.”

　“무슨 말이냐?”

　“키가 크면 거인증이라며? 얼굴이 엄청 크고 이상하게 변하는.”

　“그렇지.”

　“저 두 사람을 보면 그 말이 맞는 것 같아?”

　기사의 시선이 베르누크와 제이를 향했다. 둘 다 거대했다. 한데 얼굴은 손바닥만 하다. 어깨가 구부정? 무릎 연골이 안 좋아 잘 못 걷는다?

　“웃기는 소리로군.”

　“대체 누가 그런 말도 안 되는 소리를 하는데?”

　그 말에 연무장에 모인 모든 기사는 공감하고도 남았다.

　베르누크와 제이는 당당하게 걸었다. 그 두 사람의 모습에 위압적이어서 기가 질릴 정도로 말이다.

제이는 베르누크가 열심히 인재를 모으던 시절, 마을에서 발견한 아이다. 지능은 떨어졌으나 타고난 신체 조건만은 발군이라 곧장 베르누크가 감언이설로 데리고 와 기사단에서 훈련시켰다.

지금은 과거의 어눌한 모습도 사라지고, 형님, 형님 하며 베르누크를 따르는 인재가 되었다.

제이의 무기는 5미터에 이르는 쇠몽둥이였다. 통짜 쇠몽둥이. 그 쇠몽둥이의 양쪽 끝에는 1미터 정도 범위에 징이 박혀 있다. 아주 촘촘하게 말이다. 그냥 맞아도 죽을 것 같은데 촘촘하게 박힌 징을 보면 아예 가루가 될 것 같다.

제이는 상체에 옷을 입지 않는다. 아니, 맞는 옷이 없다고 해야 할 것이다. 본인도 안 입는 게 편하단다. 보통 기사들의 허리만 한 목둘레에다 산처럼 솟아오른 승모근이 천년 묵은 바윗돌을 연상케 한다.

게다가 피부조차 가무잡잡하다. 그러한 제이가 베르누크의 옆에 서서 따라 들어오고 있다. 5년 전에는 그래도 순진한 맛이 있어 놀려먹기도 했던 기사들은 끔찍한 괴물로 변해 버린 제이를 보고 입을 다물고 말았다.

"제이야."

"응, 형님아!"

“오늘 그냥 살살 해라.”

“그거 힘든데.”

“쟤네들 다치면 이 형이 치료비 내야 하잖아.”

“그래도 힘들다, 형님아.”

“음, 그럼 다 끝나고 점심때 소고기 10인분!”

“으헤~ 알았다, 형님아. 난 언제나 형님 말 잘 듣는다.”

기사들이 두 사람의 대화를 듣고 하얗게 질렸다.

“저기… 지금 영주님이 뭐라고 하시는 거냐?”

“귓구멍이 막혔냐?”

“그런 것 같다.”

“저 괴물하고 싸우란다.”

“대련도 아니고?”

“특훈이래.”

“영주님이 우릴 죽이려고 작정을 했나 보구나.”

“단장님도 허락하셨대.”

“단장님은 빠지신대?”

“말 같은 소리를 해라. 그 양반이 언제 싸움에 빠진다고 하든?”

“저거 맞으면 겁나 아플 것 같은데…….”

“아프기만 하겠냐?”

선발된 기사 스물다섯 명이 암울한 표정을 지었다.

한 번도 대련을 해보지는 않았지만 보기만 해도 다리에 오줌을 지릴 위압감을 가진 제이다.

그런 무지막지한 놈하고 대련이라니. 그나마 25대 1이니 위안이 된다. 혼자 쪽팔리지는 않을 것이기에 말이다.

하지만 그렇다고 꼬리를 마는 기사들은 아니었다. 기사들 대부분이 과거 용병의 신분이었기 때문이다.

해서 베르누크 휘하에 있는 창공의 기사단은 다른 여타 귀족들의 기사단들과는 조금 달랐다. 자유롭고 거칠다. 굳이 이거다 하며 고집하지 않는다.

그들은 5년 동안 주구장창 몬스터를 잡아왔다. 그것도 메이플라이 산의 몬스터를 말이다. 트윈 헤드 오우거는 아니지만 두 명이서 팀플레이를 하면 오우거 한 마리는 너끈하다.

메이플라이 산의 오우거는 조금 특별하다. 그레이 오크, 블러디 트롤, 그놈들 잡아먹는 게 일인 것이 메이플라이 산의 일반 오우거다. 당연히 남부나 동부에 있는 허약 체질의 오우거와는 상대가 안 된다.

크기도 마찬가지다. 메이플라이 산 오우거의 크기는 5미터다. 5미터면 아파트 2층 높이다. 뛰어내리려고 밑을 내려다보기만 해도 아래쪽이 축축해질 높이란 말이다.

그런 놈들하고 비록 두 명이지만 충분히 상대할 수 있다니 당연히 약하지 않다는 것을 의미한다.

그때 어렵게 기사단에 입단하여 베르누크에게 절대적인 충성을 보이고 있는 댄 클라크가 베르누크에게 물었다.

"영주님."

"왜?"

"다쳐도 상관없습니까?"

"이건 대련이 아니야. 뭔 말인지 알지?"

"꿀꺽. 진검으로 합니까?"

"대충 하지 마. 지면 점심 없어."

그렇게 말하고 베르누크는 제이의 등을 툭툭 쳤다. 그러자 무슨 말인지 알았다는 듯이 5미터에 이르는 쇠몽둥이를 들고 연무장 가운데로 향하는 제이였다.

그가 걸음을 내디딜 때마다 엄청난 중압감이 연무장을 지배했다. 하지만 기사들도 만만치는 않았다. 메이플라이 산에서 거친 몬스터들과 생사를 넘나들던 기사들이다.

말은 그렇게 했지만 쉽게 주눅 들 기사들은 절대 아니다. 기사들도 제각기 무기를 들고 제이를 에워쌌다. 그들은 직감적으로 제이가 만만한 상대라 아니라는 것을 느끼고 있다.

몬스터보다 더 무서운 생존 감각이 열린 탓이다. 무식하게 원을 만들지도 않았다. 어차피 공격 방향은 네 방향. 때문에 그들은 전후좌우를 선점했다.

그리고 그 뒤는 약간 틀어서 다시 전후좌우를 형성했다. 이른바 차륜전이라는 것이다. 물론 차륜전이라는 말을 모르니 기사들은 라운딩 파이트라고 알고 있는 전술이다.

강한 몬스터를 만날 때 사용하는 전법으로 1진, 2진, 3진, 4진으로 나누어지는데, 그 네 개의 진이 서로 유기적으로 공격과 방어, 그리고 휴식과 견제를 담당하며 정신없이 상대를 몰아치는 것이다.

"어서 덤벼라! 나 배고프다!"

"차핫!"

그 말이 나오기가 무섭게 가장 앞에 있던 기사 네 명이 제이를 공격해 들어갔다. 물론 그들의 손에 쥐어진 무기에는 선명한 오러 얀이 떠올라 있었다. 진심으로 하는 것이다.

네 방향에서 각기 다른 지점으로 공격해 들어왔다. 머리, 가슴, 허리, 다리. 어떻게 하든 모든 공격을 막을 수도 피할 수도 없다. 반드시 한 곳은 격중당하게 되어 있다.

카라라랑!

하지만 그러한 믿음은 이내 곧 깨져 버렸다. 무식하기만 할 것 같은 제이의 움직임은 마치 지독한 빠름을 자랑하는 퓨리켈(흑표범의 몬스터판)을 연상케 할 정도로 유연하고 민첩했다.

그는 네 방향의 각기 다른 공격을 모두 막아내고 있다. 5미터면 굉장히 긴 장병기다. 지구의 무기로 말하면 십팔반병기

중 장창과 같은 길이다.

무게는 또 어떤가? 물론 봉 형태의 쇠몽둥이지만 말이 봉이지 어린아이 팔뚝보다 굵다. 제련된 강철이라는 말이다. 그런 것이 5미터다. 대충 50킬로그램은 되지 않을까 한다.

관우의 청룡언월도가 82근이었고, 그때 당시의 도량형으로는 고작 15킬로그램 내외의 무게다. 그런 것도 일반인은 낑낑거리고 들었다고 한다. 한데 제이가 든 쇠몽둥이의 무게는 자그마치 50킬로그램이다.

휘두르지 않고 그냥 들고 있기만 해도 버거울 그런 무게였다. 그런 것을 막대기 휘두르듯 휘두르고, 방어하고, 다시 연계된 동작으로 공격까지 해 들어간다.

한 방향이 아닌 네 방향을 모두 거의 동시다발적으로 말이다.

그 말은 네 번을 휘둘렀다는 말이 된다. 하나 소리는 그저 '부우웅!' 하는 한 번의 소리만 들렸다.

"헛! 이런 괴물!"

따다다당!

배틀 엑스를 잡고 있는 손목이 저릿해졌다. 상대는 가볍게 찔러본 것인데 당하는 당사자는 송곳처럼 다가왔다.

'자, 장난 아니네. 영주님은 대체 저런 괴물을 어디서……'

기사단의 원년 멤버인 베르함은 기함을 지를 수밖에 없었다. 벌써 5년이 지났다. 나이도 먹었지만 실력도 원숙함도 늘었다. 웬만한 강도의 충격은 그저 부딪치는 정도로 흘려 버릴 수 있는 실력이다.

그런데 제이의 쇠몽둥이는 가벼움 속에서 빠름과 무거움이 함께 있었다. 베르함은 급히 뒤로 후퇴했다. 그 자리를 하이론이 채웠고, 장창을 뒤로하고 어느새 단창 두 개를 들고 제이의 하체를 쓸어갔다.

하이론의 공격에 맞춰 다른 세 명의 기사 역시 각기 다른 방향으로 공격해 들어갔다.

"똑같아! 재미없어!"

1진과 똑같은 패턴의 공격에 제이가 싫증을 내고 있다. 2진 기사들은 깜짝 놀랐다. 지금까지는 아무런 문제가 없었다. 당연히 지능이 낮은 몬스터를 상대했으니 당연한 결과다.

한데 약간은 모자라 보이는 제이의 외침은 그들의 심장에 비수를 꽂았다. 제이도 알아보는 것을 왜 자신들은 몰랐던 것일까 하는 생각이다. 물론 그것은 그들만의 생각이었다.

베르누크는 알고 있었다. 제이가 지능은 떨어질지 모르나 무에 대한 감각만은 그 누구도 함부로 따라갈 수 없는 천재 중의 천재라는 것을.

이미 자신은 많은 부분 기사들에게 드러나 있다. 종종 기사들과 몬스터 사냥을 했으니 말이다.

그 말은 자신이 이들을 형편없이 깬다고 해도 그다지 와 닿지 않는다는 말이다. 그러려니 하는 것이다. 영주님은 강하니까.

완전히는 아니지만 어느 정도 타성에 젖어 있다고 봐야 할 것이다. 그런데 평소 자신들이 더 뛰어나다고 생각했는데 실제는 그게 아닌 상대가 나타나면?

그것은 이야기가 조금 달라진다. 자존심이 상한다는 것이다. 아무리 과거에 용병이고 평민이었다고 하지만 자존심은 여전하다.

그런데 그 자존심을 살짝 긁어주면?

얼마 남지 않은 기간 동안 베르누크는 그 자존심을 박박 긁어줄 요량이다. 너희, 평소에 잘났다고 생각했지? 그런데 이게 뭐냐? 제이만도 못하잖아? 물론 제이를 얕보고 무시해서가 아니다.

제이는 쇠몽둥이를 휘두르며 둘러싸고 있는 기사들을 향해 돌진했다. 말 그대로 돌진이다. 쇠몽둥이에는 오러 리저넌스가 대기와 공명하고 있었다. 아주 길게 말이다.

후우우웅! 우우우웅!

"엠병! 오러 리저넌스여? 그것도 최상급?"

"어디 한번 죽어보자."

“퉤!”

기사들은 분분히 손바닥에 침을 퉤퉤 뱉고는 죽일 듯이 제이를 쏘아보았다. 쏘아본 순간 그들은 전력을 다해 제이를 향해 쇄도했다.

연무장에 갑자기 오러가 충천하면서 밝은 아침임에도 불구하고 진득한 살기가 감돌았다. 흉험하기 이를 데 없다. 이건 대련이 아니라 아예 사생결단을 내겠다는 작심이 엿보인다.

“흐흐흐. 진즉 그랬어야지. 어이고, 우리 제이 잘한다.”

그러함에도 불구하고 베르누크는 손바닥까지 치면서 제이를 칭찬하고 있다. 그 말에 제이는 신이 난 듯 쇠몽둥이를 더욱 사정없이 휘둘렀다. 중구난방으로 아무렇게나 휘두르는 것 같은데 쇠몽둥이가 간 곳에는 여지없이 기사들이 뒤로 주르륵 밀려나거나 급급하게 회피하고 있다.

“으갸갸갸!”

“어매! 어매!”

기사들이 툭툭 나가떨어지기 시작했다. 진검 대련이 시작된 지 불과 10분 만의 일이다.

제이 입장에서는 툭툭 쳐 낸 정도였다. 하지만 당하는 기사들이 떨어져 내린 연무장 바닥은 충격에 푹푹 패여 나갔다.

“깡통이라고 다가 아닌디.”

그런 모습에 제이가 무심결에 한 말이다.

처음에 기사들은 무슨 말인가 했다. 하지만 이내 깨달았다. 깡통은 바로 자신들이 입고 있는 플레이트 메일을 말함이다.

그 말은 풀 플레이트 메일을 너무 믿고 있다는 말이었다.

이 시대의 기사들은 좋은 장비를 선호한다. 검술의 약점을 방어력으로 막아보려는 것이다.

하지만 그것도 한계가 있다. 방어력이 높아지면 높아질수록 무게는 늘어난다. 작금의 풀 플레이트 메일은 자그마치 40킬로그램에 이른다. 그것을 입고 과연 전투를 할 수 있을 것이냐고 물으면, 당연히 할 수 있다.

왜냐고? 마법이 있다. 경량화 마법.

하지만 경량화 마법을 할 줄 아는 마법사가 대체 몇 명이나 될까? 그래서 경량화 마법이 걸린 풀 플레이트 메일은 정말 비싸다. 거기에 마법 방어진이 하나 들어갈라 치면 그 값은 천정부지다.

그래서 기사들은 각 귀족 가문의 핵심 전력이고 전장에서는 가장 무서운 전력이 된다. 칼이 안 들어가는 풀 플레이트 메일을 입고 있으니 당연하다.

거기다 익스퍼트의 기사면 그 가치는 더욱 올라간다. 마나를 다루지 못하는 상태에서도 기사라면 중요한 전력인데 마나까지 다루는 상태에서 풀 플레이트 메일을 입고 전장에 뛰어든다고 생각해 보자. 기가 찰 노릇이지 않겠는가?

마나가 떨어지지 않은 한 죽을 일이 없는 것이다. 마나가 떨어져도 일개 보병 백인대는 그야말로 식후 디저트 감이지 않겠는가?

그래서 소드 마스터가 일인 군단이라고 하는 것이다.

어찌 되었든 기사들은 제이와의 대련에서 깨달은 바가 컸다. 당연히 자신들이 그동안 너무 안일했다는 것을 느낄 수밖에 없었으니 말이다. 전장에 나간다면 이렇게 나태한 생각으로 어찌 전투에 임할 수 있겠느냐 하는 생각까지 하게 되었다.

제이와 기사들은 매일 대련을 이어갔다. 처음 그날을 제외하고 깡통을 입고 제이와 대련을 임하는 기사는 없었다. 무기에 마나도 두르지 않았다. 하지만 흉험함이 사라졌다고는 할 수 없었다.

오히려 피가 튀고 뼈가 부러지는 일이 다반사로 일어났다. 물론 연무장에는 마법사가 상시 대기해 있었다.

전투 마탑은 마법사가 앉아서 마법을 연구하지 않는다. 전투 마법사 중심의 마탑이 전투 마탑이다. 전장을 돌아다니며 병사들과 호흡하고 적들을 주살하는 기민함까지 보여야만 한다. 그들에게 체력은 기본이요 체술 또한 기본으로 요구되는 사항이다.

해서 전투 마탑에는 호리호리하고 금방 쓰러질 듯 위태위태한 마법사는 없다. 기사들보다는 다소 못해도 절대 나약하지 않다. 그래서 그런지 전투 마탑의 마법사들은 상당히 호전적이었다.

좋게 말하면 적극적이고 호탕하지만 나쁘게 말하면 호전적이고 괴팍했다. 기사들이 이리 날아가고 저리 날아감에도 불구하고 호기심 어린 얼굴로 관전하면서 부러진 뼈를 맞추고 힐링으로 상처를 치료했다. 어려울 것도 없다는 듯.

그런데 그런 호전적인 관중이 있는 상황에서 이리저리 나가떨어지는 기사들은 그야말로 죽을 맛이었다. 오전 내내 두들겨 맞으니 정말 이만저만 쪽팔린 것이 아니다.

오전만 그러면 말도 안 한다. 오후에는 병사들과 함께 단체 전술 훈련을 한다. 베르누크와 제이, 그리고 선별한 500명의 병사와 기사 25명, 병사 1,500명의 전술 훈련.

훈련 장소는 이제는 그냥 뒷산이 되어버린 메이플라이 산이었다. 블루 팀과 레드 팀으로 나뉘어져 각자 깃발을 뺏는 훈련이었다. 몬스터는 무조건적으로 잡고 본다.

"뭐? 또 좌측이 당했어?"

"유리는 뭐했는데?"

"제이하고 붙었답니다."

"끄웅. 그래, 뼈다구는 괜찮대?"

"다행히 제이가 살살 한 모양입니다."

"썩을. 다 모여봐!"

레너드의 외침에 남은 기사 열 명이 모여들었다.

"아직 우리한테 승산이 있어. 베르함은 100명을 데리고 이곳에서 매복하고 하이론은 제이를 유인해. 에드워드하고 나는 영주님을 유인해서 이곳에서 갈라질 작정이니까."

"그게 되겠습니까?"

"약 올려야지, 뭐."

"또 막말을 하시려고요?"

"어차피 전쟁터에 나가면 다 똑같은데, 뭐. 실전같이 하라고 했으니 실전같이 하는데 뭐 어쩔라고."

여전히 대책 안 서는 레너드의 말이다. 하지만 그러함에도 작전에는 무리함이 없어 보였고, 가능성이 있어 보였다. 일단 둘을 갈라놓고 한 명씩 잡으면 된다. 다굴엔 장사 없는 법이니까.

하지만 그 전술에서도 레너드가 속한 레드 팀은 깨졌다. 도대체가 상대가 안 됐으니 말이다. 그리고 그들은 또다시 깨달았다. 베르누크의 말로 인해서 말이다.

"오우거는 토끼 한 마리를 잡을 때도 최선을 다한다. 너희는 뭐지? 트롤도 아니고 오크 정도 되나? 그런데 그렇게 과신했어? 그래도 뭐 제이와 나를 갈라놓은 것은 훌륭한 계책이었다. 격장지계를 사용한 것도 훌륭했고. 내일부터는 평원 전투다."

그렇게 말하고는 휑하니 전투 지역을 벗어나 버렸다.

벌써 한 달째 이 모양이니 기사들도 병사들도 독이 오를 대로 올랐다. 결코 상대를 얕보지도 않았고, 전술에도 충실했다. 그런데도 매번 졌으니 독이 오를 만도 했다.

하지만 좀 전 베르누크의 말에 따르면 그래도 희망은 있었다. 나름의 적정선에 올랐다는 뜻이었으니까.

유격전이라 명명한 메이플라이 산의 전투를 끝내고, 이제는 메이플라이 산을 벗어나 평원 전투를 상정한 기동전술을 실시할 모양이니까 말이다. 떨떠름했지만 그래도 겨우 통과하기는 통과했다.

"에효~ 다들 수고했다. 오늘은 푹 쉬고 내일 보자."

"대체 영주님하고 제이는 어디서 온 괴물인 거요?"

"낸들 아냐?"

질렸다는 듯이 베르누크와 제이가 사라진 곳을 바라보다 그 말에 모두의 눈이 레너드를 향했다.

병사들도 다르지 않았다. 이미 병사들도 말이 병사지 어느 영지에 가면 당장 기사감들이었다. 그러한 2,000명의 시선이 한꺼번에 쏠리니 나름 난감한 레너드였다.

"평생을 저 영주 놈하고 같이 지냈지만 아직도 그 속을 모르겠다."

"크크. 그런데 그렇게 막 불러도 되는 거유? 그래도 영주님인데?"

"헹! 그런 것을 신경 쓸 영주님 같아? 웃기는 소리."

"하긴, 뭐."

기사는 물론이요 병사들도 고개를 끄덕이고 말았다. 영주 같지 않은 영주. 하지만 절대의 신뢰를 가진 그런 영주다. 귀족 같지 않은 귀족이고, 너무 친근해서 탈이랄까?

*　　　*　　　*

두두두두!

"히야!"

"좌로 반전! 반전!"

"반전! 반전!"

"쐐기 대형! 가운데를 가른다!"

"렌스 차징! 렌스 차징!"

두두두둑!

뿌연 먼지를 일으키며 자그마치 2,000이 넘은 인원이 네 방향으로 모여 이합집산을 거듭하고 있었다. 때로는 뭉쳐서 치고 들어가고 때로는 넓게 포위해 압박하는 모양새가 흉흉하기 이를 데 없었다.

이러한 훈련이 꽤 오랫동안 이어졌음인지 기사나 병사들 할 것 없이 모두 먼지투성이였다. 그중에는 베르누크도 있었고, 제이도 있었으며, 기사단장도 있었다.

더불어 네 방향의 선두에는 전투 마법사가 경장갑을 걸친 채 훈련에 임하고 있었다. 이런 기동 훈련에 마법사가 직접 말을 몰면서 참여한다는 것은 상당히 기이하고도 보기 드문 일이라 할 수 있었지만 아이젠 남작가에서는 당연하게 여기고 있었다.

그들은 전투 마탑 소속 전투 마법사이니까. 기사보다는 못하지만 훌륭한 기마술을 보여주고 있었고, 곧잘 마법을 사용하기도 했다. 오히려 병사들보다 우월한 전투력을 보여주고 있다고 할까?

기사들과 전투 마법사, 그리고 경갑 기마병사까지 모두의 얼굴에는 피곤함이 묻어나 있다. 야외 기동 훈련이 그만큼 힘들다는 반증일 것이다.

이 시대의 기사와 말은 아주 중요한 전력이다. 앞서 말했듯이 깡통을 입은 기사들은 21세기 지구의 문물과 비교하자면 종심작전을 수행하는 탱크와 다르지 않다. 적을 무력화하거나 완파하는 개념이 아닌 적을 가르고 공포심을 심어주는 전략적이고 심리적인 무기다.

그것은 경갑 기마병 역시 다르지 않다. 하지만 기사들만큼 대단한 역할을 수행하는 것은 아니다. 빗대자면 보병 전투 차량과 비슷한 역할을 수행하는 것이 경갑 기마병이다.

전투 마법사는 전투를 수행하기는 하지만 전적으로 전투를 수행하는 것이 아닌 각 군 단위를 원활하게 통솔하기 위한 통신병의 역할을 담당한다. 통신이 없는 기동 전개는 깡통이 굴러다니는 것보다 못하니까 말이다.

군대의 군수대나 혹은 차량 지원 부서에 항상 있는 닦고 조이고 기름칠하는 작업은 결코 기계에만 사용되는 것이 아니다. 사람도 마찬가지다. 쓰지 않고 단련을 해주지 않으면 썩어 나자빠지는 것은 기계만이 아닌 것이다.

"부대 정열! 10분간 휴식!"

구령이 나오자마자 사방에서 한숨이 터져 나왔다. 하지만 절대 말에서 내리지는 않았다. 말 탄 자세로 엎드리거나 자세를 바꿔 말 위에 드러누운 자는 있을지언정 말이다.

"후아! 후아! 더럽게 힘드네."

"넌 인마, 말할 기운이라도 있지."

"어이고~ 정말 독하네."

"독해도 어쩌냐. 영주님도 똑같이 하시는데."

“그러니까 더 미치는 게지.”

“그래도 다행으로 알아야지. 대륙 어디 가서 저런 영주님이나 저런 귀족 분을 찾아볼 수나 있을 것 같아?”

짧은 10분간의 휴식이지만 기사들이나 병사들에게는 꿀물보다 더 달콤한 휴식이었다. 비록 땅을 밟고 휴식을 취하는 것은 아니지만 그것만 해도 감지덕지였다. 잠깐 동안이지만 동료들과 되지도 않은 잡담도 할 수 있으니 말이다.

기사와 병사들이 휴식을 취하는 모습을 보면서, 레너드가 조심스레 말을 몰아 베르누크에게 다가왔다.

“많이 좋아졌습니다.”

“오늘이 며칠째지?”

“야외 기동 훈련만 한 달째입니다.”

“슬슬 복귀할 때가 됐네.”

레너드의 표정이 바뀌었다.

“전령이 온 겁니까?”

“벌써 이틀이나 됐다고 하는데 들어가 봐야지.”

“먼저 가십시오. 정비하고 회군하도록 하겠습니다.”

“회군은 부단장인 베르함에게 맡기고 단장은 나하고 같이 가.”

“알겠습니다.”

베르누크가 간단한 명령을 내리고 제이와 기사단장을 대

동하여 말을 달렸다.

영주성에 도착했을 때는 이미 전령과 함께 온 기사가 집무실에서 기다리고 있었다. 상황이 급박했는지 아니면 기분이 좋지 않았던 것인지 모르지만 말이다.

"누구라고?"

"밀리예프 후작가의 참모부에 속해 있는 미첼 프라이스라는 자입니다."

"그냥 참모부 소속?"

"자존심 상하십니까?"

"무슨 자존심은, 걔네들이 날 그렇게밖에 생각 안 하는 것이고 알려진 우리 전력이 그 정도라는 것이니 오히려 더 좋지."

베르누크는 기사단장과 마탑주, 그리고 군사장인 카림과 집무실로 가는 긴 회랑을 걸으면서 전령으로 온 자에 대하여 이야기했다. 제대로 씻지도 못하고 바로 집무실로 향하는 길이었다.

상대가 날 얕잡아보면 볼수록 좋다는 것이 베르누크의 생각이다. 그런 생각에 애초에 계획했던 1,000명이라는 경기갑병의 투입에 대해서도 축소할 수 있지 않을까 하는 생각마저 하고 있다.

날개를 펴기 위해 전력을 보이는 것도 중요하지만 본진도 중요하다. 본진 없이 떠돌아다닐 수는 없지 않은가? 완벽하게 준비되지 않은 상태에서는 최대한 몸조심하는 것이 좋다.

"의도적으로 집무실에 전령을 둔 건가?"

"아셨습니까?"

"뭐, 무서운 것 좀 걸어놨나 보지?"

"가보시면 압니다."

"좋아, 기대해 보지."

베르누크와 군사장인 카림이 이야기했듯이 전령으로 온 프라이스 준남작은 조금은, 아니, 조금 많이 주눅이 들어 있었다.

애초에 후작가의 참모부 소속이 이런 벽촌의 남작가에 특사에 준하는 전령으로 보내진다는 것 자체가 이례적이라 할 수 있다. 그냥 전령만 보내면 될 것을 말이다.

그는 준남작인 자신이 직접 왔다는 것에 처음에는 상당한 반감을 가지고 있었다. 거기다, 벽촌도 보통 벽촌이 아닌 동네인데, 영주는 기사들과 훈련을 한답시고 삼 일이나 뒤에 돌아온다고 한다.

짜증이 난 차에 카림 클라우제비츠라 자신을 소개한 자가 곧 영주님이 오실 것이라며 집무실로 안내했다. 보통은 병사가 오는 전령이 아닌 이상은 영접실에서 보는 게 통상적인 접대다.

하지만 카림은 그를 썰렁한 집무실에 혼자 두고 영주를 영접한다고 나가 버렸다. 지루했던 프라이스 준남작은 집무실을 둘러보다 우연히 박제해 놓은 오우거와 트롤을 보게 되었다.

들어올 때는 몰랐는데 혼자 있는 상황에서 비록 박제해 놓은 오우거와 트롤, 목이 잘린 미노타우르스의 머리를 보고 있자니 모골이 송연할 지경이 되었다.

그러는 동안 베르누크와 몇 명이 들어오자 주눅은커녕 뭔가 속에서 부글부글 끓어올랐다. 감히 후작가의 전령을, 그것도 특사를 이렇게 성의 없이 대한단 말인가.

집무실에 도착한 베르누크는 전령을 가장한 특사가 툭 건네준 서류를 읽어보았다. 지극히 불손한 태도였지만 베르누크는 별반 신경 쓰지 않았다. 나름의 반항이라는 것이다.

"같이 가겠나, 아니면 먼저 출발하겠나?"

"네?"

베르누크는 서류를 다 읽고 카림에게 넘기면서 프라이스 준남작에게 물었다. 예상보다 빠르고 간결한 대답이 나오자 얼떨결에 되물은 프라이스 준남작이다.

"내가 아무리 벽촌의 영주라고 하지만 자네보다 위의 작위네. 그리고 영지를 가진 영주고 말이지. 그런 돼먹지도 않을 자세를 한 번 더 보인다면 분명이 책임을 져야 할 것이네."

“죄, 죄송합니다. 머, 먼저 출발하겠습니다.”

“그럼 출발해. 우리는 일주일 뒤 기사 25명과 경기병 1,000명과 함께 출발한다고 전하고.”

“아, 알겠습니다.”

베르누크의 경고에 퍼뜩 정신을 차린 프라이스 준남작은 식은땀을 흘리며 얼른 자리를 피했다. 더 있다가는 어떤 사달이 나도 날 것 같다는 생각 때문이다.

“밀리예프 그 양반, 눈탱이가 썩었구만. 저런 것을 참모라 두고 있으니.”

“고인 물은 썩게 마련입니다.”

베르누크는 콧방귀를 뀌고는 말했다.

“헹~ 어쨌거나, 들었지? 일주일 뒤야.”

“옛!”

CHAPTER
10
세상에
고하노라

Knight King

기실 베르누크가 지원군을 보내기로 결심한 이 시기, 제국의 남부에서 일어난 에레보스탄의 난은 급속도로 세를 불리고 있었다. 순식간이라는 말은 바로 이럴 때 쓰는 말이라고 할 것이다.

세력도 세력이지만 난을 일으킨 에레보스탄을 중심으로 산적들이 모이고 있다는 것이 문제였다. 산적은 원래부터 산적이 아니다. 먹고살기 힘들고 영주들의 세금에 어쩔 수 없이 야반도주한 이들이 대부분이다.

하지만 산으로 들어간다고 해서 별달리 뾰족한 수가 있는 것은 아니다. 결국 그러한 자들이 모여 만들어지는 것이 바로 부유한 상단이나 귀족들이 거두어들이는 세금을 탈취하는 도적이다.

물론 용병들이나 일반 영지민도 그 대상이 되기는 하지만 그들은 적당히 타협을 한다. 자신들도 그랬으니 모두 가져가지는 않고 3분의 1 정도만 떼어간다는 식이다.

하지만 부유한 상단이나 귀족들은 다르다. 피를 봐야 한다. 어쩔 수 없는 선택이다. 아직도 삭이지 못한 울분이 남아 있는 탓일 게다. 그러던 차에 난이 일어났다.

평민인 에레보스탄이 제국의 남부에서 평민을 위해 군사를 일으켰다. 에레보스탄의 군대는 주로 평민이나 농민들이었다. 그중 힘깨나 쓰는 자들이나 글깨나 깨우친 이들이 대거 난에 참여하게 되었다.

이미 15년 전 한 번의 전적이 있는 남부의 농민들과 평민들이었다. 이번에는 조금 더 컸다. 농민과 평민은 물론이고 농노와 자유민, 혹은 노예까지 모두 난에 참여한 것이다.

상황이 점점 더 악화되고 세력이 급격하게 불어나자 남부의 귀족들은 더 이상 자체적으로는 난을 제압할 수 없음을 느끼고 중앙에 구원군을 요청했다. 그리고 그 구원군 요청서에는 에레보스탄이라는 자의 신상이 적혀 있었다.

"대체 반란의 수괴인 에레보스탄의 신상 내력이 왜 필요한데?"

"모르겠습니다. 하지만 필요하다 하니 조사하는 것 아니겠습니까?"

"거참. 어디 보자. 어라? 본시 귀족이었구만."

"몰락한 귀족입니까?"

"가문의 잘못으로 멸문당했네. 산적들과 내통했다 했는데, 올라온 보고로는 가문이 멸문당한 것을 제국 황실로 돌려 무지한 백성들을 선동해 제국을 전복하려 한다는 내용이로군."

"쩝. 남부의 귀족들이 변명거리가 궁색했나 봅니다."

"그러게 말이다."

정보를 담당하는 곳의 두 사람은 알고 있었다. 신상은 정확할 것이다. 하지만 뒤의 내용은 이미 오염될 대로 오염되었다.

또한 정보를 조작하고 오염시키는 일을 하는 것이 자신들이니 말이다. 알면서도 그들은 그대로 행한다. 어차피 상관없으니 말이다.

그러하기에 코웃음을 치는 것이다. 이 정보도 위로 올라가면 썩을 대로 썩고 부패할 대로 부패한 중앙은 그것을 그대로 믿을 것이다. 물론 중앙의 두 파벌은 믿지 않았다. 이 사실이 모두 조작되었다는 것을 알고 있다.

하지만 그들은 정치를 한다. 대공파의 중심인 카바노크 대공이나 귀족파의 수장인 세르게예비치 재상이나 모두 같다. 황제는 뒷전임은 자명한 사실. 자신들의 세력을 넓히고 어떻게 해서든지 상대 세력을 무너뜨려야 하는 상황.

그 상황에서 남부의 에레보스탄의 난은 그야말로 절호의 기회를 제공한 셈이었다. 그 두 세력은 치열한 협상 끝에 세 개의 군단을 남부에 급파했다.

대공파에서는 제국에 있는 세 명의 소드 마스터 중 한 명인 하인츠 구데리안 후작을, 귀족파에서는 구데리안 후작보다는 조금 처지지만 그렇다 하더라도 최상급 유저로 명성이 자자한 카이제르 빌헬름 백작.

그리고 그를 수행할 5서클의 마법사 프리츠 슈트라슈만 백작을 선임했으며, 마지막으로 그 둘의 중심을 맞출 이로 동부의 수호자라 일컬어지며 아직까지 어디에 적을 두고 있지 않은 밀리예프 후작을 임명하였다.

하인츠 구데리안 후작을 중군장으로 임명하고 카이제르 빌헬름 백작을 우군장, 밀리예프 후작을 좌군장으로 임명하여 각기 10만의 병력을 지원하였다. 그에 세 진압군의 군장은 각기 2~3만의 병력을 더하여 각 12~13만의 병력으로 세 방향으로, 남부에서 들불처럼 퍼지는 난을 진압하기 위하여 출진하였다.

하지만 한번 일어난 난은 쉽게 수그러들지 않았다. 이미 난을 일으킨 에레보스탄 역시 그 사실을 어느 정도 알고 있었다는 듯이 군을 세 개로 나누어 각기 방어, 공격하도록 단단히 진형을 짜고 있었다.

그 수가 세 방향 모두 합하면 물경 50만에 이르렀다. 말이 50만이지 한마디로 새까맣다고 해야 할 것이다. 귀족들은 몰랐다. 그저 무지한 농민들이 숫자만 믿고 날뛰는 것이라고만 알았다.

중앙에서 내려온 세 명의 군장은 확실히 지방 귀족들과는 달랐다. 물론 무지한 농민들이 숫자만 믿고 날뛴다는 생각은 변함이 없었지만 개중 밀리예프 후작 같은 경우는 아직도 그나마 제국에 대한 충성심이 상당한 귀족이었다.

또한 농민군이라고 해서 쉽게 무시하지 않았다. 자신의 군세가 13만이라 하지만 자신의 앞에 놓인 농민군의 군세는 자그마치 25만 가까이 된다. 보고 받은 숫자보다 오히려 더 늘었다.

자신의 명성을 믿고 여기저기 귀족들이 기사와 병사들을 보내주고 있기는 하지만 그것도 어느 정도다. 기존의 기사들, 혹은 병사들과 잘 섞이지 않으려 하는 그들 때문에 오히려 골치가 아플 정도다.

그리고 또 하나의 골칫거리는 바로 전쟁 용병들이다. 물론 전쟁에 있어서 용병들은 화살 받이 정도의 역할뿐이다. 하지만 그렇다 하더라도 군의 한 축을 담당하는 것은 확실하다.

그런데 그 용병들을 제대로 움직일 귀족이나 기사가 없다는 것이다. 또한 용병들 역시 모래알 같아 누가 앞에 나서서 진두지휘를 하려 하지 않았다. 모자란 전력을 용병으로 채우는 데는 성공했지만 역시나 그들을 다루기가 쉽지 않았다.

그나마 밀리예프 후작은 상당히 선전을 하고 있었다. 더 이상 농민군의 전진을 허용하지 않고 있었고, 일진일퇴, 혹은 상당한 공적으로 서너 번의 승리를 가져왔으니 말이다.

하지만 밀리예프 후작을 제외한 두 군장은 솔직히 그 명성에 비해 상당히 체면이 깎이고 있었다. 제국에 있는 세 명의 소드 마스터 중 한 명인 구데리안 후작은 몇 번의 공방 끝에 겨우 적의 전진을 저지하고 전선을 유지하고 있음에 체면치레를 겨우 했다.

하지만 귀족파의 빌헬름 백작은 상당히 곤란한 지경에 처해 있었다. 일단은 자신과 같은 백작이 한 명 더 있다는 것이 문제였다. 마법사가 전쟁에서는 기사보다 훨씬 더 효율적임에도 불구하고 그러한 장점을 잘 살리지 못한 것이 문제였다. 그리고 더 결정적인 건 그가 기사 출신이라는 점이었다.

또한 귀족파이다 보니 남부의 귀족들이 빌헬름 백작에게 모여들어 어떻게 공을 세워볼까 하고 눈치를 보거나 단독 작전을 감행하는 바람에 오히려 처음 형성했던 전선보다 50킬로미터나 후퇴해서 전선을 형성하게 되었다.

그렇게 좌군, 중군, 우군이 살짝 사선으로 연결된 전선을 형성하게 되었다. 단숨에 농민군의 기세를 꺾고 그 수장인 에레보스탄의 목을 가져올 것 같던 제국군은 어쩔 수 없이 한차례 호흡을 고를 수밖에 없었다.

그러한 상황에 밀리예프 후작이 이 멀고도 멀고 벽촌 중에 깡벽촌인 북부의 베르누크에게 전령을 가장한 특사를 보낸 것이다. 무슨 이유에서 그런 돼먹지 않은 놈을 보냈는지 모르지만 말이다.

그리고 정확히 일주일 후, 베르누크를 위시한 제이와 기사단장인 레너드를 포함한 25명의 기사, 그리고 경기병대 1,000명이 아이젠 남작가의 영주성을 떠났다.

그 인원이 전부였다. 따로 하인을, 혹은 노예를 거느리지도 않았다. 베르누크의 영지군은 모두 자체 해결이다. 무기도 스스로 닦아야 하고, 말도 자기가 알아서 챙겨야 하며, 식사도 알아서 해먹어야 한다.

따로 덜렁거리며 치중을 두지도 않았고, 노예를 거느리며 거들먹거리지도 않았다. 식량도 다 각자 가지고 다니니까 말이다.

솔직히 이 시대의 귀족들은 전투를 할 때 기사들은 종자들을 데리고 다닌다. 거기에 예비 말 한 마리 더 달고 간다. 기사 한 명 움직이는 데 말 세 마리에 종자 한 명이 움직인다는 말이다.

거기에 귀족들은 또 어떠한가? 시종들과, 어떤 정신 빠진 귀족들은 잠자리 시종까지 데리고 다닌다.

하지만 베르누크는 생각이 달랐다. 전투는 놀이가 아니다. 바로 눈앞에서 목이 날아가고 팔이 잘리며 내장이 쏟아지는 것이 전투다. 얌전하게 '너 죽일게' 하고 죽이는 것이 전투가 아니라는 말이다.

따라서 예비 말은 많으나 그것을 관리하는 종자도 없었다. 잘 것, 먹을 것, 혹은 예비 말까지 모두 스스로 챙겨야 한다. 그것이 기사고 병사이며 전투를 치를 군인의 임전 자세라고 본다.

해서 아이젠 남작가의 기사와 병사들은 달랑 그 인원 그대로 간다. 그렇게 해도 아이젠 남작가에서 밀리예프 후작이 있는 전선까지는 적어도 한 달은 달려야 한다.

대충 6,000킬로미터쯤 된다. 보통 말이 달리면 시속 60~70킬로미터나, 사람을 태웠을 경우는 50~60킬로미터로 속도가 떨어진다. 하루 열 시간 정도 열심히 달린다면 보통 하루 200킬로미터는 간다.

왜 차이가 나느냐 하면 말도 동물이기 때문이다. 때문에 열 시간 동안 항상 균일한 속도로 달릴 수는 없다.

그리고 전속력으로 달릴 이유도 없다. 도와달라고 해서 도와주는 것이기 때문에 컨디션을 항상 최상으로 유지해야 한다.

때문에 베르누크는 하루 열 시간 동안 200킬로미터로, 대략 6,000킬로미터면 30일, 딱 한 달의 계획으로 이동했다. 빨리 가야 하지 않겠는가 하고 생각하겠지만 이미 그 정도는 걸릴 것이라고 생각하고 있을 것이다.

8서클의 대마법사가 있는 것도 아닌데 텔레포트로 갑자기 나타날 리도 없고 역시 최고의 이동 수단은 군마 아니겠는가? 늙은 생강이 맵다고 베르누크가 절대 전속력으로 전선에 오지 않을 것이라는 것도 알고 있을 것이다.

베르누크는 밀리예프 후작이 대치하고 있는 전선까지 대략 한 달 반을 잡고 있었다. 중간에 어떠한 일이 생길지도 모르고 말이다. 뭐, 누가 떨어뜨린 것 있음 줍고 눈먼 물건 있으면 낚아채야 하지 않겠는가?

그런 부푼 꿈을 안고 베르누크는 영지를 나섰다. 거의 소풍 가는 느낌으로 말이다. 비장이니 뭐니 하는 감정은 손톱만큼도 없었다. 어쩌면 가는 도중 농민 반란이 진압되지 말라는 법도 없으니까 말이다.

베르누크는 빠르지도 느리지도 않게 이동했다. 물론 종자나 노예까지 주렁주렁 달고 다니는 그런 귀족들보다는 두 배 이상 빠르게 이동하고 있기는 했다.

영지를 벗어나 이동한 지 보름이 된 시점. 정확히는 아니어도 대충 절반 가까이 왔다는 말이다. 아직도 보름은 더 가야 하지만, 오는 동안 첨병을 활용해 여러 가지 첩보나 정보를 모으기도 했다.

하지만 농민 반란은 여전히 거세게 타오르고 있었다. 그뿐만 아니라 반란 지역을 벗어나 제국 전체에 도둑과 산적들이 그 기승을 부리고 있었다.

약화된 중앙 권력과 강화된 귀족의 권력.

그런데 중요한 것은 점점 반란군이 변질되고 있다는 것이다. 농민을 위해, 노예를 위해 거창하게 일어났던 반란군이 점점 사리사욕을 챙기기 시작했다. 그 징조는 베르누크가 영지를 벗어날 때부터 보이기 시작하더니 급격하게 번지고 있었다.

반란군들이 변하니 농민들이 변했고, 농민들이 변하니 민심이 변했다. 민심이 변하니 산적들이 변했다. 변하는 방향은 약탈과 수탈이었으며, 반란군은 이제 초심을 잃고 귀족 놀이에 빠져들고 있었다.

하지만 여전히 세는 계속 불어났다. 왜냐고? 그들이 변하고 약탈과 수탈을 하고 귀족 놀이에 빠졌지만 귀족들보다 나았다. 기사들보다 나았다. 그래서 세가 계속 불어났다.

그리고 산적들의 수도 점점 늘어났고, 점점 흉포해졌다. 이제 제국의 백성들은 제국을 믿을 수도 없었고, 농민군을 믿을 수도 없었다. 그들은 이제 제발 반란이라도 빨리 진압되어 반란을 진압하는 병력으로 산적들을 진압했으면 하는 바람이다.

이렇듯 제국의 상황은 점점 악화일로로 치닫고 있었다. 제국이라는 거대한 둑이 여기저기 깨지고 부서져 물이 세는 곳이 점점 커지고 강력해지고 있었다.

"이거 점점 어렵게 되어가는데?"

베르누크는 저녁을 먹고 다들 쉬는 틈에 홀로 앉아 들어온 정보를 취합하며 고심에 잠겼다. 제국이 무너져 가고 있다. 물론 제국이 자신에게 무엇을 해준 것이 없으니 딱히 제국을 살리고자 하는 생각은 없었다.

하지만 이가 없으면 잇몸이 시린 법이다. 난세로 치닫고 여기저기서 내가 왕이요 하고 일어나기 시작하면 제국은 그야말로 약육강식의 시대가 도래할 것이다.

힘이 없으면 모든 것을 빼앗기고 죽거나 아니면 모든 것을 바치고 예속될 수밖에 없는 현실이 될 것이다. 거기까지 생각이 미친 베르누크는 손가락으로 볼을 긁적였다.

‘아씨! 아직 준비도 다 못했는데.’

“주군, 무슨 걱정이 있습니까?”

“어? 아! 아이고, 깜짝이야.”

이미 알고 있음에도 불구하고 과한 행동을 취하며 엉큼을 떠는 베르누크였다. 하지만 평소 같았으면 잘 받아줬을 군사장 카림의 표정은 오히려 더 심각해지고 있었다.

“어? 나보다 카림 자네가 더 심각한 것 같은데?”

“실은… 묻고 싶은 것이 있습니다.”

“묻고 싶은 것이라……. 뭐? 물어봐. 살살.”

되지도 않을 농담까지 섞으며 카림을 응시하는 베르누크였다. 지금까지 이렇게 진지하게 자신에게 물어온 것은 처음 오두막에서 만났을 때를 제외하고는 없었다. 한마디로 조금 긴장하고 있다는 이야기다.

“주군은 앞으로 어찌하실 것입니까?”

“어찌한다라…….”

“……”

카림의 물음이 어떤 것을 의미하는지 모르지 않은 베르누크였다. 살짝 눈을 감았다. 그렇지 않아도 안 돌아가는 머리를 싸매고 있는 참인데 머리 좋은 놈이 물어보니 딱히 할 말이 없다.

“좀 골치가 아파.”

"골치 정도입니까?"

"이가 없으면 잇몸이 시린 법인데 이젠 잇몸이 상당히 단련이 돼서 별로 안 시려. 그래서 고민 중이야. 아직 조금 더 시간이 필요한데 말이지."

"시간이 더 필요하면 무엇을 하실 작정이십니까?"

뻔히 어간을 읽었음에도 불구하고 다시 물어보는 카림이다. 그로서는 확인하고 싶었을 게다. 자신의 인생을 던진 사람이다. 그리고 자신의 인생이 어떻게 될지 알고 싶었던 게다.

"카림, 예전 처음 만났을 때 난 폼 나게 살고 싶다고 말한 적 있던가?"

"예."

"난 뭐 황제도 싫고 공작이나 뭐 그런 것도 싫다. 하지만 그네들에게 무릎은 꿇고 싶지 않다. 과거 우리 가문의 초대 가주가 그랬던 것처럼 말이지."

그 말에 카림은 씨익 웃음 지었다. 확실한 진로가 결정된 것이다.

"아마 가능할 것입니다. 주군이 있음으로 해서, 또한 제가 있음으로 해서."

"잘 살아보자고."

그렇게 하나의 진실된 마음을 얻어내었다. 물론 과거에는 그렇지 않았느냐 하면 그것은 또 다르다. 무엇이 다르냐면 마음가짐이 다르다. 적어도 자신의 모든 것을 맡긴 주군이 그저 현실에 안주하지 않을 것이라는 믿음.

거기에 자신이 생각한 것보다 더 원대한 포부를 가지고 있다는 것. 아마 황제나 공작이나 이런 말이었다면 지금과 같지는 않았을 것이다. 어찌 보면 자신의 주군의 꿈은 누구라도 꾸는 꿈이지만 누구도 도달하지 못한 꿈인 것이다.

카림이 웃으며 물러났다. 기분 좋은 웃음을 짓고 가는 것을 보니 홀가분한 모양이다. 그런데 이번에는 레너드가 술병을 들고 나타났다.

'이것들이 오늘 왜 이래? 오늘 뭔 날이여? 달도 멀쩡하구만.'

"네놈은 또 웬일이냐?"

"음. 40을 바라보는 중년 친구를 만나러 왔다."

"가죽은 네놈이 훨씬 더 늙어 보인다만. 난 아직도 20대로 보이잖냐."

"그래, 젊어서 좋겠다, 이놈아."

"서럽냐?"

"서럽다."

"왜?"

"뭐 좀 해볼까 하는데 나 혼자만 나이 들어가는 것 같아서."

"정말?"

"끄응. 나이 들어가는 게 왜 서러울까? 당연한 것을. 다만 오랜만에 제대로 정신 차린 친구 놈하고 대륙을 질타해 보고 싶은데 친구 놈을 제대로 보필할 수 있을지 걱정이 되어서 말이지."

술병을 나발 부는 레너드의 얼굴을 보았다. 어느새 이놈도 40을 바라보는구나 싶다. 젊었을 적 탱탱하고 톡톡 튀는 놈은 어디 가고 벗겨지는 머리로 완벽하게 40대로 보이는 중년인 이 자신 앞에 앉아 푸념하고 있다.

이 시대의 보통 평민이 36세면 완연하지는 않지만 그래도 중년의 초입이라 할 수 있다. 하지만 레너드는 이미 최상급의 기사다. 지난 5년간 부단히 노력하고 또 노력하여 오른 경지다.

한 단계 성장함에 따라 정신적인 성숙과 함께 육체적인 수명 역시 늘어났을 것이다. 하지만 그렇다 하더라도 36세라는 나이는 청년이라 단언하기는 힘든 나이대였다.

"너 누우면 내가 무슨 재미로 살아? 평생에 하나뿐인 친군데 말이지."

"나 좀 더 도와주라. 네놈이 우뚝 서고 가문이 우뚝 서는 모습을 보고 싶어 죽겠다. 죽어도 그걸 보고 죽고 싶다만."

"너 최상급이잖아. 죽으려면 아직 멀었다만."

"네가 무슨 꿈을 꾸고 있는지 알아."

"들었냐?"

"몸은 이래도 귓구멍은 뚫렸다만."

"그냥 오지 그랬어."

"쪽팔리잖아."

"행여나. 그 얼굴이 쪽팔린 얼굴이냐?"

농담 따먹기 식으로 대화를 하던 둘은 서로의 얼굴을 바라
보며 피식 웃어버렸다. 베르누크가 지하 연무장에서 나온 이
후 레너드는 베르누크를 친구보다는 가주며 영주로 대했다.

이런 친구로서의 대화는 실로 오랜만이었던 것이다. 쓸데
없고 아무런 의미 없는 언어의 나열임에도 불구하고 둘은 훈
훈함을 느낄 수 있었다.

"나, 마스터 되고 싶다."

"그게 뭐 되고 싶다고 해서 되는 거냐?"

"넌 이미 넘어섰잖아."

"알고 있었냐?"

"모르는 놈이 바보 아니냐? 병사나 기사들도 모르는 사람
없을 게다. 네가 밝히지 않으니 말을 하지 않을 뿐."

"……."

베르누크는 말이 없었다. 그러리라 예상했다. 이미 자신이
한두 번 그들 앞에서 자랑질을 한 것도 아니고 모르면 그게

바보일 것이다. 술병을 두어 번 휘저은 뒤 주둥이를 입에 대고 통으로 마셔 버렸다.

"너 우리 아버지가 진짜 치매로 벽에 똥칠하고 죽었다고 생각하냐?"

베르누크는 가족끼리만 간직해 오던, 그의 마음 깊은 곳에 있는 이야기를 꺼냈다.

뜬금없는 베르누크의 물음에 잠시 당황하더니 포옥 한숨을 내쉬며 고개를 절레절레 젓는 레너드였다.

그것은 아이젠 가문의 가족사였다.

"내가 어렸을 적 말이다. 아버지가 황실의 부름을 받은 적이 있었지. 내 기억으로 아버지는 상당히 강골이었거든. 키는 작아도 어쨌든 기사였으니 말이다. 그런데 황실에 다녀오신 이후 점점 변하셨다. 내가 기억을 잘못하고 있는 거냐?"

"아니. 거의 25년이 다 되어가는 일을 잘도 기억한다."

"어리고 몸이 무거워 움직이지 못하는 뚱땡이가 할 일이 뭐가 있겠냐? 누워서 할 수 있는 일이라곤 먹고, 자고, 싸고, 읽고, 상상하는 일밖에 없었다."

"그때 이미 알고 있었냐?"

"아니. 그냥 막연하게 그렇게 생각한 거지. 그리고 다시 멀쩡한 사람이 되어 움직이다 보니 자연 알게 되겠더라고."

"……."

“그런 가문을 참 오랫동안 유지했다고 생각해. 우리 어머니도 참 대단하지?”

“이젠 하다하다 돌아가신 어머님 자랑이냐?”

“이리저리 알아보니 그때 벽에 똥칠하며 갑작스럽게 죽어나간 사람이 꽤 되더라. 사람들은 그것을 아마 ‘기사의 변’이라고 했을 거야.”

“…….”

레너드는 술병을 기울이며 그저 말없이 듣기만 했다. 달리 할 말도 해줄 말도 없었기 때문이다. 베르누크 저놈이 이렇게 말을 하고 있다는 것은 이미 전후 사정을 모두 파악하고 있다는 것이니까.

“제국은 이미 그때부터 돌이킬 수 없을 만큼 썩어 있었던 거야. 현자가 백성의 마음을 전하지 못하고 기사가 기사도를 실행하지 못할 때는 말이다.”

“복수할 거냐?”

“복수라……. 처음엔 그 생각도 했지. 하지만 도대체 누구한테 복수를 할지를 모르겠더라고. 귀족파 전부? 대공에게 붙어먹은 기사나 군부의 기사들 전부? 그럼 뭐 제국에게 복수를 하라는 말인데. 기사의 변에 당한 사람이 나만 있던가? 그 기사의 변으로 제국의 기사나 귀족이 10분 1 정도가 줄었다고 하던데. 생각해 보니 나 말고도 이를 갈고 칼을 갈 놈들은 많더라고.”

“그럼?”

“이미 제국은 1,000년을 넘게 버티고 있지. 하지만 너무 오래 서 있어서 밑동이 다 썩어버렸어. 뽑아내야 한다는 것이지. 이건 절대 복수를 하겠다는 말은 아니고 그래야 한다는 것이지.”

“근데 왜 나는 자꾸 복수라는 말이 머리에서 떠나질 않지?”

“복수가 아니라니까 그러네. 그냥 세상의 흐름이 그렇게 흘러가고 있다니까.”

“그래, 뭐, 그렇다고 해두지.”

“진짜 아니라니까.”

“왜 그래, 믿어준다는데? 펄펄 뛰니까 더 이상하네?”

“아하하하! 난 그냥 강조한 것뿐이지.”

레너드가 술을 따른 채 친우의 얼굴을 바라보았다.

“음. 그래서 바꾸고 싶다?”

“그래.”

“내가 강해져야 할 이유가 하나 더 있네. 그리고 내가 오래 살아야 할 이유이기도 하고 말이지. 인심 좀 더 써라.”

“나 원 참. 무슨 마스터가 마법 무구냐, 하고 싶다고 만들어주게?”

“넌 가능해. 부탁이다.”

“옛다, 가져가라. 하여간 너 인마, 나 없는 동안 우리 어머니 잘 모셔서 준다.”

“쿠헬헬. 고맙다.”

그 말을 남기고 베르누크가 던진 책을 품속에 곱게 품더니 한번 씨익 웃어주고 휘적휘적 사라져 버리는 레너드였다. 무엇이 그리 좋은지 어둠 속으로 사라지면서도 연신 품속에 있는 서적을 만지작거린다.

“하아~”

베르누크는 하늘에 걸린 달을 바라보았다. 레드 문이 두둥실 떠 있다. 온갖 곡식이 익어가는 풍요의 계절이건만 지나오면서 본 들판은 풍요란 말이 무색케 할 정도로 썰렁했다.

“썩을, 내가 무슨 난세의 영웅도 아니고.”

오늘은 유난히도 아버지가 그립고 어머니가 보고 싶다. 아버지와 어머니는 평생 동안 자신이 누워 있는 것만 보고 돌아가셨다. 이렇게 서서 걷고 있는 모습을 보여 드리고 싶었다.

좋은 옷도 사드리고 싶었다. 좋은 음식도 많이 해드리고 싶었고, 좋은 곳도 많이 보여 드리고 싶었다. 이제 그럴 정도의 실력도 되고 돈도 있다. 그런데 아버지도 어머니도 안 계신다.

“허, 나 원 참. 이게 뭔 주책이냐. 갑자기 눈에서 물이 왜 나와?”

그의 눈에서 물이 나오든 말든 레드 문이 서서히 엷어지면서 밤하늘을 촘촘하게 박혀 빛을 내던 별까지 그 빛을 잃어갔다. 레드 문이 사라지자 주홍빛 태양이 세상을 밝히며 그 대머리를 들이밀었다.

"제길, 날 샜네. 야! 제이! 일어나라!"

결가부좌를 풀고 새벽 댓바람부터 몸을 일으켜 세운 베르누크는 사방으로 활개치고 잠을 자고 있는 제이를 깨웠다. 눈을 번쩍 뜬 제이는 주변을 두리번거리다 베르누크를 발견하고는 뒤통수를 긁적이며 일어났다.

"기상! 기상!"

동트기 시작하자 기사들과 병사들은 부산하게 움직였다. 무려 1,000명이 식사를 해야 하니 당연했다. 그리고 식사 전에 몸 풀기 운동도 해야 하고 말이다.

정적에 둘러싸였던 벌판에 갑자기 요란한 소리가 들렸다. 어슴푸레하게 깨어난 새벽이 화들짝 놀라 태양이 붉게 떠오르자 그때서야 그 요란한 소리는 가라앉았다. 그것도 잠시, 천여 기의 말이 뿌연 먼지를 일으키며 다시 남서로 이동했다.

CHAPTER
11
만 남

Knight King

"영주님, 전방 5킬로미터 지점에서 전투 중이라는 정찰 보
고입니다!"
"몬스터인가?"
"그게……."
"산적과 병사들과의 싸움이겠군."
"그것도 아닌 듯합니다."
"그것도 아니다?"
"그렇습니다."
"그렇다면 혼전 중인 병력은?"

"약 2~3,000명 정도 되어 보입니다."

"흠!"

베르누크의 시선이 전방을 바라보았다. 돌아가기에는 조금 난해한 나지막한 야산이다. 야산이라 해도 꽤나 울창했으며 상단이 자주 통행해서인지 야산의 중앙으로 길이 나 있었다.

아마 산적일 가능성이 높으나 그렇지 않다는 것으로 보아선 다른 어떤 것일 가능성이 높았다. 대비해야 할 듯했다.

"베인 경은 기병 300으로 우측으로 선회, 대기한다. 헤르메스 경 역시 기병 300과 함께 좌측으로 선회, 대기한다. 타이슨 경은 기병 300으로 후미로, 퇴로 확보한다. 나와 제이는 기병 100과 동행하며 신호 즉시 진압한다. 이상! 질문은?"

"없습니다!"

"출발!"

"명!"

베르누크의 지체없는 명령에 레너드와 베르함은 좌우로 갈라졌고, 애드워드는 후미로 빠졌다. 제이는 직감적으로 무슨 일이 있다는 것을 느끼고 베르누크의 옆에 바짝 붙었다.

*　　　*　　　*

좌차장!

"끄억!"

"죽여! 죽이란 말이닷!"

"사, 살려줘!"

푸싯!

"꺼흑!"

넓지도 않은 산이다. 그곳에 무려 천여 명에 가까운 인원이 싸우고 있었다. 한쪽은 기사와 병사, 그리고 한쪽은 산적처럼 보이지는 않는 무리였다. 산적이라고 하기엔 기세가 엄정했고 복장 또한 나름 통일이 되어 있었기 때문이다.

여기저기서 비명 소리와 말의 울음소리, 그리고 병장기 부딪치는 소리가 요란한 가운데 돋보이는 이가 한 명 있었다. 가무잡잡한 피부에 사각 진 얼굴, 송충이눈썹 때문인지 유난히 부리부리한 눈을 가진 자다.

얼굴은 그러하지만 레더 메일을 걸친 몸은 비범하고 날렵했다. 딱 벌어진 어깨와 날렵한 허리, 말의 배를 꽉 조인 허벅지 때문인지 말고삐를 잡지도 않고 마상에서 장도를 좌우로 움직이며 자유자재로 휘두르고 있다.

그 모습이 어찌나 흉험한지 그의 곁으로 다가서는 병사들이 없었다. 심지어는 기사들마저도 일부러 피하는 것인지 아니면 그 사내가 있는 곳보다 다른 곳이 더 급했는지 도무지 신경을 쓰지 않았다.

한마디로 무인지경이다.

"이놈들! 에르빈이다! 내가 여기 있다! 피하지 말라!"

콰아아악!

이히히히힝!

"우와아악!"

"막아! 막으란 말이다!"

기사단장으로 보이는 자는 자신에게로 달려오고 있는 에르빈이라는 사내를 보고는 악을 쓰며 외쳤다. 자고로 기사단장이라는 직책은 기사들의 장이다. 해서 웬만해서는 기사단장은 배 나온 이가 없다.

하지만 지금 헬름마저 쓰지 않고 후방에서 다른 기사의 엄호를 받으며 전장을 주관하는 단장으로 보이는 자는 배가 나왔다. 플레이트 아머로 가리기는 했지만 모두 가릴 수는 없었는지 툭 튀어나온 살집이 옆구리로 삐져나와 있다.

무인지경으로 전장을 휩쓸던 에르빈이라는 자는 거침없었다. 가로막는 것은 그대로 쪼개고 베어버렸다. 그것이 말이든 플레이트 메일을 걸친 기사이든 상관이 없었다.

"마, 막앗!"

단장으로 보이는 자는 자신을 지키는 기사들마저 그 에르빈이라는 자를 막으라고 내보내고 자신의 말은 슬금슬금 뒷걸음질 치게 만들었다. 기사들이 그를 막는 동안 자신은 도망

가겠다는 심산인 것이다.

"이놈! 세쿠! 비켜라!"

콰지지직!

서걱서걱!

그는 완전히 말고삐를 놓고 마상 장도를 하나 더 꺼내 들었다. 마상 장도 두 개를 들고는 그대로 그들과 부딪쳐 나갔다. 그러자 마치 나무가 부서지는 듯한 소리를 내며 말에서 떨어져 내리는 기사들이다.

두 명의 기사가 땅에 떨어진 충격으로 정신을 차리기 전에 에르빈의 마상 장도가 기쾌하게 움직이며 두 기사의 목을 잘라 버렸다. 이에 노호성을 터뜨리며 두 명의 기사 중 한 명이 렌스를 찔러 넣었다.

하지만 기사의 행동은 무위로 돌아가 버렸다. 어느새 말의 옆으로 뛰어내려 말과 같이 달리던 에르빈은 기사가 렌스를 수습하기도 전에 말에서 뛰어오름과 동시에 마상 장도를 그어 올려 플레이트 메일과 함께 기사를 조각내고 있었다.

"허억!"

마지막 남은 기사는 얼굴이 해쓱해지며 주춤거렸다. 말조차도 주인의 심정을 읽었음인지 섣불리 다가가지 못하고 투레질을 하며 뒷걸음질 쳤다.

"비키라 했다!"

“이, 이놈이!”

“죽고 싶다면 죽여주지!”

“이익!”

슈각!

제대로 된 저항조차 해보지 못하고 기사의 목이 떨어져 나
갔다.

“우와아!”

“이겼다!”

그 말과 함께 우렁찬 함성이 터져 나왔다. 정신을 차린 에
르빈이 주변을 돌아보니 이미 영지군은 지리멸렬해서 포박을
당하고 있었고, 기사들은 어느새 빠져나갔는지 눈을 씻고 찾
아봐도 없었다.

“으으. 이놈! 세쿠리타테!”

세쿠리타테. 세쿠라고 불리는 영지의 기사단장. 그자는 이
미 이 자리에 없었다. 그가 달아난 곳을 바라보며 이를 가는
에르빈이었다.

“대장! 또 다른 영지군이 옵니다!”

“뭣? 젠장! 함정이었던 건가?”

에르빈은 난감한 표정으로 영지군이 오는 곳을 바라보았
다. 백여 기의 말이 뿌연 먼지를 내며 다가오고 있었다. 그리
고 그중 가장 앞에 선 두 명은 상당한 거리임에도 불구하고

또렷이 보일 정도로 상당한 덩치를 가지고 있었다.

그에 에르빈은 안심했다. 백여 기 정도면 할 만했다. 600이 넘어가는 영지군도 이겨냈는데 겨우 백여 기로 무엇을 할 수 있단 말인가?

"전원 전투 준비!"

"전투 준비! 전투 준비!"

지금 막 전투가 끝났는데 또다시 전투 준비를 하라고 하자 어리둥절해했지만 병사들은 그 말에 따랐다. 비록 에르빈이라는 대장이 귀족도 아니고 나이도 젊지만 자신들에게 항상 믿음을 주었기 때문이다.

에르빈은 긴장한 눈으로 전방에서 달려오고 있는 군마를 바라보았다. 이미 부하들은 전투 준비가 완료된 상태. 바로 달려들지 않은 이유는 괜한 시빗거리를 만들지 않기 위해서였다.

저들이 누구인지 모르는 상태에서 적대할 필요가 없고, 만의 하나를 위해 긴급히 전투태세를 갖춘 것이다.

"멈추시오! 어디서 오는 누구시오?"

에르빈은 먼지를 일으키며 서서히 속도를 줄이며 다가오고 있는 군사를 향해 외쳤다.

"워워! 본 작은 베르누크 아이젠 남작이다. 그대들은 누구인가? 어찌하여 이곳에서 전투를 벌이고 있는 것인가?"

일단의 군마는 베르누크가 이끌고 있는 경기갑병이었다.

서서히 말을 세워 주변을 둘러보니 이미 전투는 끝나 있었다. 시체와 주인을 잃은 말들이 여기저기 널려 있었다. 아직 전후 처리를 하지 못하고 있는 것이다.

"사, 살려주십시오! 우리는 차우셰스크 백작가의 기사들이오!"

그때 한쪽 편에 포박되어 있던 기사가 외쳤다. 하지만 이미 플레이트 메일은 온데간데없고 얼굴에는 검댕이가 묻어 있어 그 말이 사실인지 아닌지는 알 수 없었다.

"증명할 것이라도 있나?"

이미 베르누크는 대충 정황을 읽고 있었다. 보나마나, 물으나마나 뻔한 사실이다. 거기다 차우셰스크 백작이라면 그 지독한 썩은 냄새가 북부의 일부 지역까지 흘러들고 있으니 모를 리 없었다.

"그, 그것은……."

증명할 것이 하나도 없다. 기사들의 인장도 없었으며, 엠블럼도 없었고, 심지어는 자신의 애마나 플레이트 메일도 없었다. 무언가 방도를 궁리하기 위해 눈을 이리저리 굴렸지만 어떻게든 증명할 방법이 없었다.

퍽!

"끄륵!"

순간 눈앞에 불이 번쩍하는 느낌과 함께 그대로 앞으로 고

꾸라졌다. 에르빈을 따르는 자 중 한 명이 그의 뒤통수를 쳐 재운 것이다. 베르누크는 그 순간 시선이 다른 쪽으로 향해 있었다. 하필 그 순간에 말이다.

그리고 기사가 쓰러지고 다시 시선이 전면으로 향했다. 이미 기사는 관심 밖이었다. 베르누크의 시선이 향한 곳은 바로 지금의 무리를 이끌고 있는 가장 앞에 선 사내였다.

"그대의 이름을 알 수 있겠나?"

"에르빈, 에르빈 롬멜이오."

"에르빈 롬멜이라……."

말안장에 앉아 무언가 생각하는 표정이다. 그러다 생각이 난 듯 말에서 훌쩍 뛰어내려 에르빈 롬멜에게 다가가 오른손을 내밀었다.

"반갑군. 기사의 변을 주도한 에인리히 롬멜 백작의 아들을 이곳에서 보게 될 줄은 몰랐어."

차앙!

"네놈! 누구냐!"

설마 자신을 알고 있을 줄 몰랐던지 순간적으로 마상 장도를 X 자로 교차하여 베르누크의 목을 잘라 버릴 듯한 기세를 피워 올리는 에르빈이었다. 하지만 베르누크는 별달리 제지하지 않았다.

에르빈을 따르는 이들은 폭발적인 기세를 뿜어내고 있었

다. 하지만 그와 달리 베르누크의 옆을 지키고 있는 제이나 카림, 그리고 그 뒤를 받치는 100여 명의 경기병은 아무런 움직임이 없었다.

어찌 보면 순식간의 일이라 손을 쓸 사이도 없었지만 그러한 행동은 자신들에게, 그리고 자신의 주군에게 위해를 가할 수 없다는 것을 알고 있는 듯한 태연한 모습이다.

"아까 소개했지 않나? 베르누크 아이젠 데 캘리노스 남작이라고. 25년 전 일어난 기사의 변 희생자 중 한 명의 아들이기도 하고."

그 말에 에르빈의 볼 살이 살짝 씰룩거렸다. 믿어야 할지 말아야 할지 고민하고 있는 표정이 역력하다.

분명 자신 앞에 서 있는 자는 귀족이다. 당연히 기분이 나쁠 수 있다.

왜냐고? 자신의 가문은 몰락했다. 과거에는 기사의 가문으로 이름이 높았지만 이미 25년이나 된 일이다. 당연히 평민과 다르지 않다. 한데 뻣뻣하게 허리를 세우고 반 공대를 하고 있으니 기분이 나쁠 수 있다.

그리고 기사를 때려눕혔다. 누가 그랬던가. 팔은 안으로 굽는다고. 아무리 난 아니라고 하지만 결국 귀족은 귀족의 편을 들게 마련이다. 그런데 전혀 아랑곳하지 않고 있다.

어떻게 해석해야 할지 모르겠다. 망설여지고 당황되기도

하지만 어떻게든 이 상황을 벗어나야 할 것이다.

지금 자신 앞에 있는 사내는 자신에게 상당히 호의적으로 다가오고 있다. 그리고 병력이 지금 보이는 병력만은 아닐 것이라 판단했다. 고작 100여 명을 데리고 무엇을 한단 말인가?

그리고 또 하나. 자신의 쌍도가 주군의 목에 대어져 있음에도 그 병력은 태연자약하기 이를 데 없다.

그래서 망설여진다. 저 당당함은 대체 무엇이란 말인가? 알 수 없는 위압감이 가슴을 짓눌렀다. 절로 도를 든 양손에 땀이 배어들었다.

"더 믿을 것이 필요한가?"

"더 믿을 것?"

"그래. 그럼 잠시 기다려 보게."

"무슨……."

그것으로 대화가 중단되었다. 베르누크는 자신의 목에 시퍼렇게 날이 선 도가 두 개나 대어져 있음에도 불구하고 뒷짐을 진 채로 태연하게 서 있다. 두 개의 도쯤은 아무렇지도 않다는 듯이 말이다.

대담한 것인지 아니면 세상을 너무 믿는 것인지 모를 그런 태연한 태도에 오히려 에르빈을 따르는 사람들이 어리둥절해 했다. 분명 위급 상황이 맞는데 전혀 위급하지 않은 이 분위기에 말이다.

그때 희미하게 군마 소리가 들려왔다. 한쪽 방향만이 아니라 좌우, 그리고 전면에서 말이다. 에르빈의 손에 힘이 들어갔다. 속았다는 생각이 들어서이다. 하지만 더 이상 어떠한 행동도 하지 못했다.

"나는 일단 자네를 믿고 기다렸네. 내가 귀족이기는 하지만 평민과의 신의를 저버릴 정도로 썩지 않았다고 자부하네만."

에르빈의 눈을 직시하며 무겁게 입을 떼는 베르누크였다. 근래 보기 드문 베르누크의 진중한 모습이다. 그에 에르빈은 멈칫했다.

"저들은 당신의 부하인가?"

"맞네."

"우릴 포위한 것인가?"

"반은 맞고 반은 틀렸네."

"모를 말이군."

"믿음을 보여주겠다고 했네. 그때 손을 움직여도 상관없을 텐데?"

"좋다."

하지만 여전히 베르누크의 목에 댄 쌍도를 치우지 않은 에르빈이었다. 하지만 에르빈이 간과하고 있는 것이 하나 있었으니, 지금과 같은 상황이라면 당연히 베르누크의 목에 생채

기가 났어야 한다. 피도 조금 흐르고 말이다.

하지만 쌍도를 대고 살짝 그었음에도 불구하고 생채기는커녕 자국도 남아 있지 않다. 상황이 워낙 급박하게 돌아가다 보니 당사자인 에르빈조차도 그것을 눈치채지 못하고 있었다.

이윽고 삼면으로 다가오던 군마가 멈추고 그중 몇 명이 말을 타고 다가왔다. 그리고 말의 뒤에는 어떤 사람들이 손이 묶인 채 끌려오고 있었는데, 다름 아닌 달아났던 세쿠리타테와 그 일당들이었다.

"세쿠! 네, 네놈!"

에르빈의 손이 부들부들 떨렸다.

"에, 엘르, 나, 난 아냐! 난 그저 시, 시키는 대로 했을 뿐이라고. 나, 난 아니라고!"

세쿠리타테는 발버둥을 쳤다. 손이 묶여 도망가지도 못한다. 사방을 둘러보아도 자신을 도와줄 사람은 아무도 없었다. 세쿠리타테만 그러한 것이 아니라 여기 끌려온 나머지 기사 네 명도 역시 마찬가지였다.

그들의 눈은 두려움과 공포에 젖어 있었다. 어떻게 해서든지 벗어나 보려고 했지만 그들의 손을 묶고 있는 밧줄은 더욱더 옥죄어왔다. 그렇게 발버둥을 치는 세쿠를 바라보는 에르빈의 눈이 붉어졌다.

"네놈을 드디어 잡는구나. 드디어 말이다."

"엘르, 왜 그래? 하하, 우리 치, 친구잖아."

"흐흣, 친구? 그래서 아버지를 팔았더냐? 그래서 어머니를 팔고, 그래서 여동생을 노예로 전락시켜 사창가에 버렸더냐?"

"아, 아냐! 난 안 그랬어. 그, 그래, 영주, 영주 그놈이 시켜서 그랬어. 아, 알잖아. 여, 영주 그, 그놈이 얼마나 잔인한지."

"흐흐. 알지. 아주 자알 알지."

서걱!

"커억!"

에르빈은 세쿠리타테의 어깨를 베어버렸다. 핏줄기가 사방으로 튀었다. 그의 옆에 있던 기사는 질겁하며 뒷걸음질 쳐 물러났고, 밧줄에 묶여 떨어지지 않는 자신의 어깨를 보며 멍한 얼굴을 한 세쿠리타테의 모습이 보였다.

"이건 내 동생의 몫이지."

서걱!

"큽!"

"그리고 이건 내 형님의 몫이고."

"그래, 이 새끼야! 죽여! 죽여 봐라! 네놈! 네놈도 바로 날 따라올 테니까!"

이제는 발악을 하는 세쿠리타테였다. 어차피 기정사실화된 자신의 죽음. 살 희망이 없으니 발악을 하는 것이다.

서걱!

"끄아아악!"

"이건 어머님의 몫이지. 어? 다리 한쪽이 남았네?"

"아, 안 돼! 제, 제발 살려줘! 뭐든 시키는 것은, 뭐든 다 할게. 제발 살려줘."

서걱!

"커허어억!"

"이건 내 몫이야. 널 생각하며 이를 갈아대 치아가 부실해졌거든. 그래서 내 몫도 받아야겠어."

이제는 발악조차 하지 않는 세쿠리타테였다. 언제 아픔을 느껴보았을까? 남의 아픔만을 느끼고 보았던 세쿠리타테다.

때로는 다른 이에게 아버지였을 것이고, 아들이었을 것이며, 딸이었을 것이고, 어머니였을 사람들의 아픔을, 고통을 바라보며 웃음 짓던 세쿠리타테였다.

자신의 잘린 팔과 다리를 보고는 이내 체념했는지 아니면 아픔을 느끼지 못하는지, 그도 아니면 그 아픔이 너무 극에 달해서인지 그저 입만 쩍 벌리고 멍하니 에르빈을 바라보고 있다.

"그리고 이건 마지막으로 아버지의 몫이다."

서걱!

<u>스르르르</u>, 투욱!

멍하게 초점 없이 바라보던 눈동자와 함께 떨어져 내리는 세쿠리타테의 목이었다. 에르빈은 기뻐해야 했지만 전혀 기쁘지 않았고 그저 눈물만 계속 흘렸다.

"즉결 처형한다!"

"아악!"

"사, 살려줘!"

"커억!"

"컥!"

착잡한 표정으로 그저 서 있는 에르빈을 대신하여 베르누크가 로잡힌 네 명의 기사를 모두 처형했다. 살아남은 기사는 없었다. 사로잡힌 병사들만 있을 뿐.

하지만 사로잡힌 영지 병사들에 대해서는 어떠한 제재도 하지 않는 에르빈과 그 수하들이었다. 어차피 다 알고 있는 사이였다. 어쩔 수 없이 영지군이 되었고, 어쩔 수 없이 서로 창을 겨눴을 뿐이다.

하지만 착잡하고 앞으로의 일이 걱정되기는 마찬가지다. 자신들의 가족은 차우셰스크 백작령에서 살고 있으니 말이다. 여기서 도망간다면 자신들은 살겠지만 가족들은 갖은 고초를 겪을 것이 뻔하다.

"저들은 어찌할 것인가?"

아직도 정신을 차리지 못하고 있는 에르빈을 바라보며 베르누크는 결단을 강요했다. 지휘관은, 앞에서 무리를 이끄는 리더는 그래야만 한다. 생각보다 멋없고, 생각보다 고통스럽고, 생각보다 잔인해야 한다.

"몇몇을 제외하고는 살려줘야지요."

"그러한가? 하면 자네는 어찌할 것인가?"

베르누크의 물음에 에르빈이 베르누크를 바라보았다. 거기에는 여러 가지 복잡한 심경이 담겨져 있었다. 하지만 모든 결단과 그 결단에 대한 결과는 모두 자신이 짊어져야 한다.

"기사의 변의 희생자라고 하셨지요?"

"그렇지."

"제가 알기로는 기사의 변에서 멸문하지 않은 가문은 별로 없는 것으로 알고 있습니다만."

에르빈은 변절한 기사들의 가문을 말하는 것이다. 기사의 변에 참여했다가 돌연 그들을 배신하고 그들의 잘못을 성토하며 더욱더 열렬하게 그들을 벌하자고 주장한 이들.

"아무리 25년이라는 시간이 흘렀어도 북부의 벽촌까지는 오기 귀찮았던 탓이지. 물론 개국 공신이라는 허울도 있었고, 그냥 놔두어도 얼마 못 가서 스스로 멸문할 가문일 가능성도 높았으니 말이지."

"그러기에는 기사의 변이 너무 큰 사안이었습니다만."

끈질기게 물고 늘어지는 에르빈을 바로보고 살짝 웃음을 띠는 베르누크다.

"아버지는 그 지독한 고문을 견디셨네. 가문으로 살아 돌아와서는 거의 5년을 누워 계시더니 치매를 앓으시더군. 그 후 10년을 벽에 볼일을 보시더군. 나는 그때 움직일 수조차도 없었네."

"왜?"

당연한 의문이리라. 지금의 베르누크는 누가 보아도 너무나 건장한 체격이었으니 말이다. 기가 질릴 정도로.

"난 그때 좀 뚱뚱했거든. 너무 뚱뚱해서 움직일 수조차 없었거든. 알아도 모르는 척, 슬퍼도 기쁜 척, 아파도 안 아픈 척해야 했거든."

베르누크의 목소리에는 지난 아픔이 배어 있었다. 살아도 살아 있는 것이 아닌 삶을 산 주인공이었기 때문이다. 물론 그러한 삶의 무게와 아픔이 비단 베르누크 자신에게만 있는 것은 아니지만.

"따라도 되겠습니까?"

"그대의 복수, 내가 도와주지."

"감사합니다."

에르빈이 강직한 자세로 고개를 숙여 보였다. 베르누크는 단단한 얼굴로 소리쳤다.

"베인 경!"

"넵, 주군!"

"전장을 정리하고 주변을 철저하게 봉쇄한다. 오늘은 전장을 이탈하지 않고 이곳에 머물 것이며, 전장에 대한 책임은 후에 차우셰스크 백작에게 묻겠다."

"명!"

이내 기사들과 병사들이 움직였다.

사로잡힌 백작가의 병사들은 모두 풀어줬다. 물론 에르빈이 애초 말했던 몇몇은 풀어주지 않았다.

같은 영지군이라 하더라도 절대 같지 않다. 쥐꼬리만 한 권력을 과시하듯이 타인에게 고통을 강요하는 자는 어디든 있다. 바로 몇몇의 병사는 그에 해당하는 병사들이었다.

그들이 살아 돌아간다면 이곳의 상황은 적나라하게 알려질 것이며, 베르누크 역시 난처한 상황에 처할 것이기 때문이다.

그 몇몇의 병사를 제외하고는 다들 에르빈과 그 수하들에게 우호적이었다. 25년이 지났지만 에르빈의 선친에 대한 향수는 아직도 그들의 마음 깊숙이 자리 잡고 있었기 때문이다.

지금의 백작령을 다스리는 차우셰스크 백작은 롬멜 백작가의 가신이었다. 기사의 변 때 변절하였고, 가장 앞장서서

에인리히 롬멜 백작을 성토했던 자. 그리고 그 대가로 롬멜 백작가의 영지를 받았고, 백작으로 승작하게 된 케이스다.

그리고 세쿠리타테는 그 차우셰스크 백작의 심복. 그 둘은 롬멜 백작의 잔재를 없애기 위해 지난날을 혈안이 되어 살아왔다. 롬멜 백작의 친척이란 친척은 모두 찾아 남자는 죽이고 여자는 노예로 삼았다.

영지민의 이동에 대한 자유를 박탈하였으며, 세금은 7할을 넘겼다. 백작령의 모든 곳이 그러하였다. 가신인 자작이나 남작 모두가 말이다. 귀족들에게는 천국이었으나 영지민에게는 지옥이었다. 그곳에서 그들은 건드릴 수 없는 절대의 존재였다.

야반도주하는 영지민이 늘어났고, 잡혀서 공개 처형 되는 영지민이 속출했다. 피할 수도 없었고 막을 수도 없었다.

하나 최근 들어 그 절대의 존재가 흔들렸다.

바로 에르빈 롬멜이라는 이름 때문이었다. 모든 친족이 죽었다 알고 있었으나 단 한 명의 생존자가 있었다. 당시 일곱 살이었던 에르빈 롬멜. 지금은 장성하였고, 차우셰스크 백작을 괴롭히는 산적이 되었다.

영지민들은 에르빈 롬멜이라는 이름을 기억하고 있었다. 아니, 롬멜 백작가를 기억한다는 것이 옳을 것이다. 그들은 에르빈 롬멜을 도왔다. 영지군도 마찬가지고 말이다.

그동안 힘들지 않게 영지군을 농락할 수 있었던 가장 큰 이유일 것이다. 그리고 에르빈은 그에 보답을 했다. 물론 베르누크가 보기에는 그저 의적 놀음에 지나지 않았지만 말이다.

물론 나쁘지는 않다. 지금 제국에는 이러한 의적이라 불리며, 혹은 산적이라 불리며 귀족들을 괴롭히고 있는 이들이 허다하니까 말이다. 거기에 남부의 변란까지 일어났으니 호재도 이런 호재가 없는 것이다.

하지만 그것은 산적들에게만 호재가 아니었다. 귀족들에게도 호재로 작용했다. 중앙의 간섭을 받지 않고 작은 땅덩어리지만 그 안에서는 자신이 왕처럼 행동할 수 있었다.

군사도 정치도 재정도 모두 한손에 쥐고 말이다. 그러다 보니 제국의 곳곳에서 크고 작은 변란이 끊이지 않았고, 심지어 제국의 변방에서는 이미 자신을 왕이라 칭하며 왕처럼 행동하는 이까지 나타나기 시작하였다.

황실은 황실대로, 귀족은 귀족대로, 기사는 기사대로 각자의 길을 모색하는 것이 현 제국의 현실이었다. 거기에 황실은 다시 대공파와 귀족파로 갈라져 정쟁을 일삼고 있었다.

그 와중에 신음하는 것은 제국민일 수밖에 없었다. 그나마 일반 평민들의 마음을 달래주는 것은 악덕 영주나 악덕 상인을 털어 그 재산을 나누어 주는 의적들이었다.

제국의 백성들은 그들의 행동에 환호했다. 식당에서 식사를 하거나 아니면 해질 무렵 펍에 모여 얼큰하게 취했을 때 그들의 단골 메뉴는 당연 의적들의 활동상이었다.

거기에 남부의 반란에 대한 희망도 이야기하였다. 하지만 남부의 반란이 변질되자 제국의 백성들의 입에서는 의적들에 대한 소문이 퍼져 나가기 시작했다.

차우셰스크 백작이 아무리 왕처럼 지낸다 해도 용병이나 상인들의 입까지는 막지 못했다. 차우셰스크 백작가의 우상은 에르빈 롬멜이었다. 언젠가는 잔인무도한 차우셰스크 백작을 몰아내고 예전의 성세를 되찾기를 기도했다.

해서 문제가 되는 몇몇의 병사를 제외하고 나머지를 방면한 것이다. 그리고 세력의 한계성을 느껴 스스로 베르누크의 밑으로 들어가길 결정한 것이다.

그것 역시 쉽지 않은 결정이었을 것이다. 하지만 그 결정이 어떤 결과를 가져올지는 아무도 모를 일이다. 이대로 스러질 것인지 아니면 역사에 길이 남을지 말이다.

『나이트 킹』 2권에 계속…

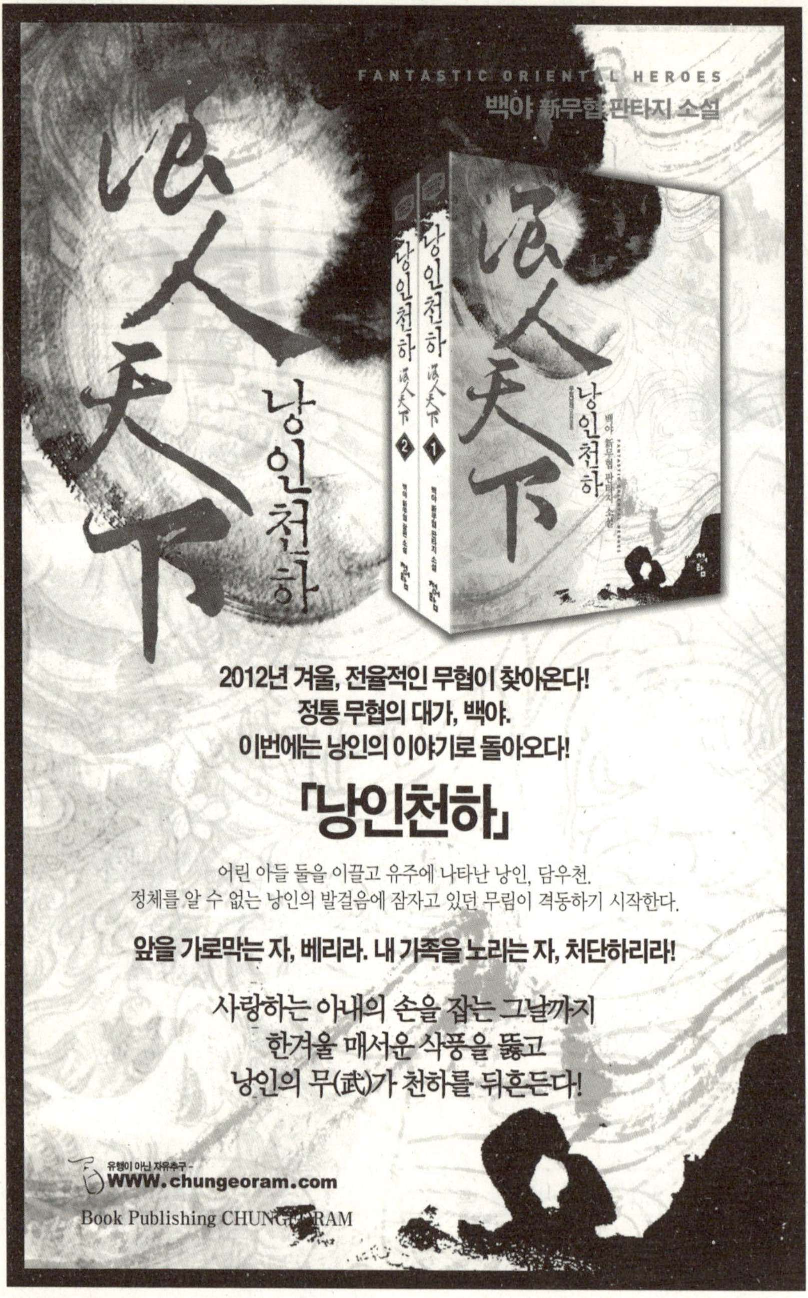

FANTASTIC ORIENTAL HEROES
백야 新무협 판타지 소설
浪人天下
낭인천하

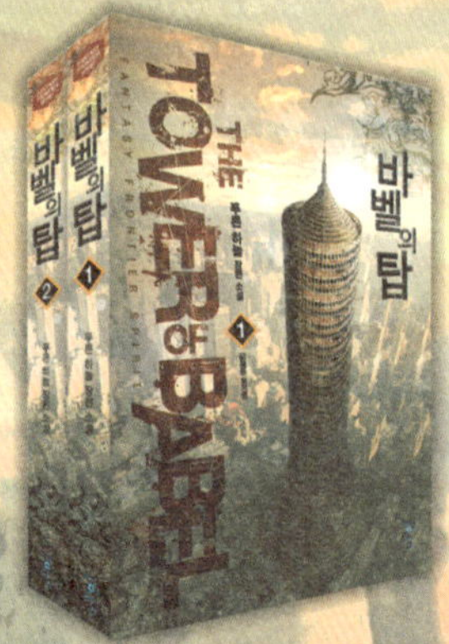

THE TOWER OF BABEL

바벨의 탑

FANTASY FRONTIER SPIRIT

푸른 하늘 장편 소설

「현중 귀환록」 작가의 놀라운 귀환!
새시대를 열 강렬한 현대물이 등장하다!

극서의 사막을 헤메다 만난 버려진 기지.
그를 기다리던 것은… 차원을 넘는 게이트!

「바벨의 탑」

하늘에 닿기 위해 건설되었다가 신의 노여움을 사 무너진 바벨의 탑.
그 정체는 차원을 넘나드는 게이트였으니.

바벨의 탑의 유일한 주인이 된 진운!
그의 앞에 열리는 새로운 세상, 삶, 운명!

**억압하는 모든 것을 부수고 나아가는
한 남자의 장렬한 이야기가 시작된다!**

拳王降臨
권왕강림
FUSION FANTASTIC STORY
무명서생 장편 소설